Guide Pekigniane

## Table des matières

Table des matières ..................................................... 1
L'auteur ..................................................................... 2
Du même auteur ....................................................... 3
Avant-propos ............................................................ 4
Guide du voyageur à Pekigniane .............................. 6

© 2014, Bruno Benattar
Edition : BoD - Books on Demand
12/14 rond-point des Champs Elysées, 75008 Paris
Imprimé par Books on Demand GmbH, Norderstedt, Allemagne
ISBN : 9782322036042
Dépôt légal : septembre 2014

## L'auteur

Bruno BENATTAR est né en 1951. Il poursuit ses études à Nancy. Fortement influencé par les mouvements sociaux de mai 1968, il milite activement dans la mouvance pacifiste et non violente, tout en pratiquant des arts martiaux.

Pendant trois années, il voyage et visite le monde. Il exerce les métiers de moniteur de voile et de plongée bouteille à l'étranger.

Puis, pendant près de trente ans, il travaille comme consultant en droit social. Il publie de nombreux articles et ouvrages spécialisés.

Aujourd'hui à la retraite, il se partage entre l'Italie et Nice. Ses activités ne l'empêchent pas de pratiquer des massages et arts martiaux, de continuer à plonger, à naviguer et à voyager.

\*\*\*

## Du même auteur

- **Déjà parus**
- Brandir la vague (éditions BOD).

- **Déjà parus dans la série « Les chroniques de Pekigniane » :**
- Guide du voyageur à Pekigniane (éditions BOD).
- Cecily : l'Hermabun (éditions BOD).

- **À paraître dans la série « Les chroniques de Pekigniane » :**
- Jézabel : La chute du Château-lumière (fin 2 015).
- Lynn Carter : Les carnets secrets (2 015).
- Bumberry : L'Archibun (2 015).
- Seth : Le Bobun (Sur l'état de divinité et le militantisme syndical) (2015-2016).
- Lilith : La Mabun (Les guerres du Psah) (2 016).
- Lidji : Celle qui a renoncé (2 017).
-

\*\*\*

# Avant-propos

J'ai voulu écrire les chroniques de Pekigniane afin de balayer mes étonnements et mes frustrations.

Les premiers sont venus d'une rencontre avec un ethnologue qui travaille encore sur les cultures amérindiennes de l'arc Antilles. Il a écrit notamment un ouvrage sur les premiers contacts entre Christophe Colomb et les Indiens. Ces derniers voyaient dans les nouveaux arrivants des revenants du monde des morts. Le navigateur, lui, se croyait en Chine. La quantité de contresens faite a donné les résultats que l'on sait

Mon irritation est née pendant mes nombreux voyages. Comme tout le monde, afin de préparer mes périples, je me suis plongé dans des guides. Je pensais avoir des informations pertinentes sur les pays, la culture, etc. Et là, quelle déception ! Bien sûr, les lieux, les restaurants, les hôtels, le climat, etc., tout cela y était. Mais les auteurs n'analysent les pays que sous leurs prismes.

Enfin, ma frustration atteint son paroxysme quand je lis un roman de sciences fiction ou d'héroïque-fantaisie. Je suis souvent déçappointé. Même si l'auteur décrit une société arachnide, il ne peut pas s'empêcher d'être profondément humain dans les comportements individuels et sociaux. De plus ils sont souvent prévisibles, politiquement corrects et trop moraux.

Je n'ai trouvé, de modes de pensées déroutants que dans la littérature japonaise. Là, j'ai lu de vrais ouvrages de science-fiction ou d'héroïc-fantaisy.

J'ai voulu écrire une épopée. J'ai commencé par élaborer un guide touristique d'un pays imaginaire. Celui-ci est volontairement truffé d'erreurs, de contresens, d'incompréhension et de jugement moral, comme tous les ouvrages du genre que j'ai lus.

J'ai écrit de petites nouvelles, pas nécessairement dans l'ordre chronologique. Dans cette « Chronique de Pekigniane », il n'y a presque pas d'hommes. J'ai choisi volontairement d'être politiquement incorrect, et amoral. J'ai voulu faire douter du bien et du mal, ainsi que de toutes les valeurs qui sous-tendent les rapports entre les hommes. Je ne sais pas si j'y arrive, mais c'est mon objectif.

En revanche, je vous promets que l'histoire ne finira pas bien.

***

Bruno BENATTAR

# Guide du voyageur à Pekigniane

## Comment se rendre à Pekigniane

Le seul moyen de se rendre à Pekigniane est de passer par les ambassades/consulats de Pekigniane afin d'utiliser les portails-distrant (**voir ce mot**). Le passage est gratuit. Attention, 2 % de la population sont réfractaires aux voyages distrant. Ils ne pourront jamais aller à Pekigniane.

Aucune formalité n'est nécessaire. En revanche, certains États interdisent à leurs ressortissants de s'y rendre sans autorisation, depuis la guerre du Psah (**voir rubrique histoire**). Il s'agit notamment des États-Unis, du Venezuela, de l'Arabie Saoudite, du Koweït, de l'Iran, de l'Irak de la Fédération de Russie, etc. Enfin bref tous les pays producteurs de pétrole.

Certaines agences de voyages proposent des tours organisés que nous considérons comme vendus à des prix prohibitifs.

En effet, aussi bizarre que cela semble paraître, tous les voyageurs ne pourront pas accéder à tous les sites. Certains auront des expériences enrichissantes, sans aucun risque, que d'autres ne pourront pas avoir.

Dans la pratique, il est conseillé de voyager par soi-même.

On ne possède que peu d'information sur le Château-lumière.

## Généralités

- **Adresses utiles**

**À Pekigniane-City (voir ce mot)**

Il existe plusieurs ambassades/consulats à Pekigniane-City :
- États-Unis d'Amérique et du Canada,
- Amérique Latine,
- Union Européenne,
- Fédération de Russie,
- Le Vatican,
- Afrique,
- Pays Arabo-musulmans,
- Israël,
- Chine,
- Asie et,
- Tous les pays non représentés.
- Une représentation de l'ONU est en train de se mettre en place.

La totalité de ces représentations, ainsi que les résidences de leurs personnels, sont situées, à un kilomètre environ, à l'extérieur de la ville elle-même. On l'appelle aussi le quartier des délégations étrangères. Une tour-distrant (**voir ce mot**) se dresse au milieu de ce quartier.

Il existe une représentation de Pekigniane dans les pays qui en ont une chez les buns.

Une tour-distrant s'élève aussi à proximité du Château-lumière (**voir ce mot**) qui a sa représentation à Rome.

- **Aïcha**

Servante de la reine du croissant (**voir rubrique chevaliers-lumière**). On prétend qu'elle serait devenue oyabun.

- **Andrieu Bernard**

Sociologue, seul rescapé avec Lynn Carter (**voir ce nom**) de la deuxième expédition. Ses notes sur les Chevaliers-lumière (**voir ce mot**) ont été confisquées par le gouvernement français. Elles sont toujours classées « confidentiel/défense ».

Militant anticlérical, à son retour, il a été assassiné au cours d'une conférence donnée à Philadelphie par un intégriste chrétien. Au cours de son procès, celui-ci a déclaré qu'il fallait éradiquer tous les suppôts de Satan dont faisaient partie Andrieu, Carter et toute leur clique de Buns. Compte tenu de la situation politique (guerre du Psah), celui-ci n'a purgé que quelques mois de prison.

- **Anges**

Les anges seraient des hommes ailés. Ils sonnaient la trompette durant les charges des Chevaliers-lumière (**voir ce mot**). Ce sont eux qui auraient qui auraient tué Proserpine, le dernier shobun, au moment du retour du Bobun (**voir ces mots rubrique buns**).

Ils ont tous été éliminés à la bataille de Djeng-heule-passe (**voir ce mot**). Carbonisés par les dragounes, dévorés par les banjees, piétinés par les griffons, noyés par les krakens quand ils n'ont pas été transpercés par les anhydrides-coloquintes (**voir rubriques faune et flore**).

- **Apprentie (voir éducation)**

Nom donné au bun pendant son séjour dans une tour de guet (**voir rubrique tour visages**) sous la direction d'un mentor (**voir ce mot**).

- **Arbre des douleurs**

Son existence est fortement contestée. Seule Lynn Carter (**voir ce nom**) en a mentionné l'existence. Selon elle, la personne placée sur l'arbre des douleurs subirait une torture atroce pouvant durer plusieurs semaines. Selon elle, la victime serait bâillonnée par le végétal qui simultanément l'écorcherait avec ses épines, la crucifierait et l'empalerait. Les souffrances nourriraient « Monsieur Drame » (**voir ce nom**).

L'arbre situé au fond de la nef du Château-lumière aurait été abattu à sa chute.

- **Argent, banque, change**

Il n'y a pas d'argent à Pekigniane sauf au Château-lumière (**voir ce mot**). Chez les buns (**voir ce mot**), on troque. Vous donnez ce que vous estimez ce que cela vaut. Vous payez avec n'importe quelle monnaie. Vous pouvez aussi ne rien payer du tout.

Selon Lynn Carter (**voir ce nom**), si on ne paye pas ou pas assez, on payera avec sa durée de vie. Comme si chaque bun échangeait des biens contre une partie de son existence. Cette hypothèse n'a jamais été vérifiée. Elle apparaît comme assez farfelue.

Au Château-lumière (**voir ce mot**), l'unité est le réal, composé de 100 sols. Un sol vaut environ un centième d'euro. Vous pouvez changer votre argent à la Prévôté ou chez n'importe quel commerçant.

- **Archange**

Les Archanges étaient l'équivalent des nobles de haut rang au Château-lumière. Les sept Archanges étaient :
- Michel « qui est comme Dieu »,
- Gabriel, « la puissance de Dieu »,
- Raphaël, « le médecin de Dieu »,
- Uriel, « le feu de Dieu »,
- Jehudiel, « la louange de Dieu »,
- Sealtiel, « la prière de Dieu » et,
- Barachiel, « la bénédiction de Dieu »,

Ils ont tous été décapités à la bataille de Djengheule-passe (**voir ce nom**). De nombreux spectacles vivants (**voir ce mot**) célèbrent ce haut fait.

## ▪ Art martiaux et art de la guerre

Il semblerait que la guerre et le combat soient le passe-temps favori des habitants de Pékigniane.

Que le touriste se rassure, la guerre n'affecte pas les Gadjins (**voir ce mot**).

Les Buns et les Chevalier-lumière (**voir ces mots**) ont mené une guerre d'extermination. Ils pratiquent donc des arts de combats divers et variés de façon quotidienne. Ceux-ci sont très élaborés, surtout chez les Buns. Ces exercices prennent la forme de spectacles de danse exécutés comme par un corps de ballet. Très impressionnant !

Chez les Chevalier-lumière, on peut parfois assister à leurs entraînements qui prennent la forme de tournois moyenâgeux.


## ▪ Bar et restaurant

Certaines habitations traditionnelles et des arbres-mondes (**voir ce mot**) peuvent servir de bars et de tavernes. On les reconnaît aux lanternes rouges suspendues au-dessus de la porte d'entrée.

Les bars/habitations, des maisons traditionnelles, ressemblent aux bars japonais. Un étroit comptoir pour boire des boissons au psah (**voir ce mot**). On boit debout et on n'y sert rien à manger.

Les salles des arbres-monde (**voir ce mot**), transformées en restaurant, bar ou taverne sont plus sympas. On y mange, boit, discute sur des méridiennes à deux places, des petits tabourets ou tables sont placés à côté de ces espèces de canapés, somme toute, assez confortables. Le service est assuré par les pti-queurs et les megars (**voir la rubrique faune**).

Attention, pendant les fêtes de la pleine lune (**voir ce mot**), ces établissements ne servent que des boissons et mets assaisonnés de psah (**voir ce mot**).

Au Château-lumière (**voir ce mot**), il existe de nombreuses hostelleries à des prix raisonnables.

- **Bitche ou bitch**

Ce que les buns appellent la bitche c'est la plage et la mer. Attention, la mer est mortelle. Plus de 90 % des baigneurs, surtout les habitants du Château lumière (**voir ce mot**) meurent d'une baignade en moins de temps qu'il ne le faut pour le dire. Ne vous fiez pas aux buns qui s'y baignent sans problème. On rappelle que toutes nos embarcations qu'elles soient en plastique, bois, métal, aluminium et autres matériaux connus sont rongées pratiquement immédiatement. Elles ne tiennent pas deux heures avant d'être complètement dissoutes dans la mer.

Concernant la mer, celle-ci est peuplée d'une infinité de micro-organismes et d'animaux divers qui s'introduiront dans votre corps par tous les orifices : anus, sexe, nez, oreilles, yeux, plaies, etc. Ils vous rongeront de l'intérieur. De même ne vous approchez pas à moins de 10 mètres de la mer, certains animaux marins sont amphibies. Ils peuvent s'aventurer sur la plage.

Certaines personnes, près de 10 % de la population, pour des raisons inexpliquées, ne rencontrent pas ces problèmes d'agressions du milieu. Ils peuvent donc se baigner sans aucun désagrément.

Pour savoir si vous êtes résistant, adressez-vous à un bun. Celui-ci vous scrutera pendant trois minutes (parfois plus, parfois moins) sans bouger et vous dira oui ou non. Si on vous a dit non, ne redemandez pas car on vous ignorera souverainement. Toutefois, il peut arriver, que pendant votre séjour, alors qu'un bun vous avait dit que vous ne pouviez pas aller à la bitche, un oyabun (**voir ce mot**) déclare : « Maintenant, tu peux aller à la bitche ». On a constaté que cela pouvait se produire notamment après une rencontre avec un maître-chat (**voir ce mot**) ou un sgonx (**voir ce mot**).

Pour les élus, la mer est chaude, agréable Elle vous permet une flottaison idéale. Vous pourrez alors nager, et même faire de la plongée libre, uniquement avec du matériel fourni par les buns, de la voile sur les bateaux des buns et même parfois, avec de la chance monter sur un kraken (**voir ce mot**).

On peut avoir le sentiment que la bitche a pour unique fonction de détruire tout ce qui lui est étranger.

Lynn Carter **(voir ce nom)** a avancé une hypothèse, après son premier voyage. Elle aurait prétendu que Pekigniane serait un organisme vivant, et la Bitche serait en quelque sorte son tube digestif. Il se nourrirait de tout ce qui passe à sa portée. Les buns feraient partie intégrante de cet organisme. Elle n'expliquerait pas pourquoi certaines personnes seraient résistantes. Après son deuxième voyage, elle serait revenue sur cette hypothèse sans autre forme de procès.

### ▪ Boissons

On peut trouver, bières, vins, jus de fruits, eau potable partout à Pekigniane. Toutes ces boissons sont fabriquées à partir de la sève de l'arbre-monde (**voir ce mot**), notamment le bretzel-liquide. Cette boisson est assez enivrante et contient du psah (**voir ce mot**).

Au Château-lumière **(voir ce mot)**, le vin et la bière coulent en abondance dans les tavernes. La boisson à forte teneur en alcool vous enivre rapidement.

- **Budget**

Voir aussi la rubrique Argent.

On peut amener des objets pour faire du troc avec les buns. Selon certains observateurs, le coût de la vie est dix fois moins élevé que dans votre pays d'origine quel qu'il soit.

Au Château-lumière **(voir ce mot)**, divisez les prix par 10 (sauf pour le logement, pour lequel on peut avoir des surprises).

- **Bumberry**

Touriste, dont la femme, Rachel, aurait disparu à Pekigniane. Pendant des années, il a erré dans tout Pekigniane à sa recherche. Pendant les nuits, de la pleine lune (**voir ce mot**), il se gave de psah (**voir ce mot**) et aborde tout un chacun en demandant : « Vous avez vu Rachel ? ».

Subitement il a disparu peu avant les guerres du Psah (**voir rubrique histoire**). Selon la rumeur, pour certains, il aurait retrouvé sa femme et serait rentré en Grande-Bretagne. Pour d'autres, il aurait émigré au Château-lumière (**voir ce mot**). Pour d'autre encore, il aurait travaillé pour la CIA et aurait disparu au cours d'une mission. Pour d'autres enfin, il serait devenu Archibun (**voir ce mot**).

## ▪ Buns

### Archibun

C'est la fonction la plus étrange chez les buns.

Son mode désignation en fait toute l'originalité.

Pendant un an, l'Archibun exerce un pouvoir absolu sur les kobuns. À la fin de cette période, quel que soit le résultat de son mandat, il est décapité en public. Sa tête est lancée à la foule. La personne qui la ramasse devient le nouvel Archibun pendant un an.

Le pouvoir de l'Archibun est important. Il s'occupe de l'entretien de Pekigniane-City, des relations extérieures, sous le contrôle du Bobun et de la Mabun. Il organise les manifestations et les fêtes.

Son pouvoir n'est pas qu'honorifique. Il a pouvoir de vie et de mort sur tous les kobuns.

### Bun

Il faut prononcer : « boune ». Entité immanente qui crée le monde (s'écrit avec une majuscule). Il le crée tel que l'a imaginé le Bobun (prononcer : « bo-boune ») et que l'a nommé la Mabun (prononcer : « maboune »).

Il serait, selon Lynn Carter (**voir ce nom**), une abstraction symbiotique (?) qui vivrait en harmonie avec le Bobun et la Mabun.

Comprend qui comprendra !

### Buns

Citoyen de Pekigniane en dehors du Château-lumière (**voir ce mot**). Il s'écrit avec une minuscule quand le terme désigne les habitants.

On nomme les buns selon un protocole précis :

- Son nom proprement dit.
- Son qualificatif (en général, une nuance de couleur).
- Son sexe (non obligatoire).
- Son statut de kobun, oyabun, daïbun ou shobun.
- Puis, éventuellement maître kraken, griffon, banjee ou dragoune (**voir ces mots**).

Une question de fond s'est posée. Les buns sont-ils des humains mammifères ou des êtres ovipares ? L'ONU leur a accordé les mêmes statuts qu'aux humains, peu importe ce qu'ils sont.

### Bobun

Ce serait un dieu vivant, immortel (?) et empereur de Pekigniane. Il se nommerait Seth ou Sept. C'est lui qui imagine le monde.

Aujourd'hui, il est absent, et a disparu. Il doit faire sa réapparition dans un proche avenir indéterminé.

En dehors des membres de l'expédition de Lynn Carter (**voir ce nom**), personne ne l'a rencontré. L'ambassadeur des États-Unis d'Amérique l'aurait entre aperçu pendant la guerre du psah (**voir rubrique histoire**). Le précédent Bobun (?) lui aurait concédé ses pouvoirs, dans des circonstances assez mystérieuses. Selon Lynn Carter, dans les notes de son troisième et dernier voyage, retrouvées par hasard, ce serait un humain comme tout le monde. Il serait né et habiterait en France. Actuellement, il voyagerait entre la France et Pekigniane. Il rentrerait définitivement à Pekigniane quand il aurait terminé ses affaires (lesquelles ?) en France. Il est regrettable que Lynn Carter ne l'ait pas identifié formellement. Selon certains dires, elle aurait rencontré le Bobun en France, à plusieurs reprises, notamment à l'issue de son deuxième voyage. Cette hypothèse semble assez farfelue.

### Daibun

Sorte de noble et chef d'oyabuns. L'intérieur de leur cape est de couleur différente de celle de l'extérieur.

### Gadjin

Étrangers à Pekigniane.

### Hermabun

Selon une légende de Pekigniane, l'Hermabun doit venir après le retour du Bobun. Nul ne connaît son rôle et sa fonction. Il devrait remplacer le Bun ou être sa représentation vivante. Il semblerait que l'Hermabun soit aussi important que le Bun, le Bobun et la Mabun.

### Kobun

Citoyens de Pekigniane qui n'a pas encore connu l'étape d'imprégnation (**voir ce mot**).

## Mabun

La Mabun est la femme, éternellement jeune (?) du Bobun. Elle assume aussi la fonction d'impératrice. Son rôle principal consisterait à nommer et à donner forme à ce que le Bobun a imaginé. On peut parfois la croiser au palais du Bun ou dans les tavernes les nuits de pleine lune. On la dit immortelle. Mais cela, personne ne l'a vérifié.

En l'absence du Bobun c'est elle qui gouverne. Le Bobun lui aurait octroyé certains de ses pouvoirs à son grand désarroi. Certains la nomment aussi Lilith, la maudite. Ce serait aussi un de ses nombreux noms, parmi lesquels on peut citer Mara, Kaili, Ashtart et bien d'autres encore.

Lynn Carter (**voir ce nom**) aurait réalisé une interview de la Mabun. Elle a ensuite détruit ses notes. Selon des membres de son expédition, la Mabun lui aurait raconté ses existences dans toutes les civilisations antiques, ainsi que quand elle était… dinosaure et même protozoaire. Elle se prétend donc âgée de près de quatre milliards d'années. Compte tenu du manque de sérieux de ces propos, on comprend la réaction de Lynn Carter.

## Oyabun

Sorte de guerrier qui chevauche, dragoune, kraken, banjee et griffon (**voir rubrique faune**). Quand ils sont avec leurs daïmons (**voir rubrique faune**), on les appelle :
- Maître dragoune,
- Maître kraken,

- Maître banjee ou
- Maître griffon.

La majorité des oyabuns est constituée de personne d'apparence de sexe féminin, ou masculin à l'allure androgyne. Ils paraissent tous moins de 40 ans. Ils portent tous des sabres (**voir rubrique souvenirs**), un peu comme les samouraïs. Leurs bijoux-vivants (**voir rubrique souvenirs**) sont parmi les plus somptueux.

Pendant les périodes de pleine lune (**voir ce mot**), ce sont les acteurs des grandes fiestas avec leurs dragounes, banjees, krakens et griffons. Ils sont souvent accompagnés de Maître-chats et de sgonx (**voir rubrique faune**). Ils résident normalement dans les tours-visage (**voir ce mot**), mais ils peuvent aussi séjourner dans les arbres-monde (**voir rubrique flore**) ou dans les maisons traditionnelles.

Il n'est pas rare de les voir accomplir des danses de sabre (**voir rubrique souvenirs**) dans les cours des tours-visage (**voir ce mot**).

Dans le monde « normal », certains ont engagé des trismes d'oyabuns (**voir rubrique famille**) comme gardes du corps, notamment dans les pays Arabo-musulmans, aux États-Unis et en Fédération de Russie, très peu dans l'Union Européenne. Cette pratique a pris fin après la guerre du psah (**voir rubrique histoire**), et on comprend pourquoi. Parfois des particuliers les engagent aussi. On ne sait pas comment ils sont rémunérés. Leurs employeurs sont extrêmement discrets à ce sujet.

Les oyabuns sont des maîtres en arts martiaux et en combats de toute sorte. On dit qu'ils sentent le danger. Il est arrivé qu'ils préviennent leur employeur des projets d'assassinat ou d'enlèvement.

Selon Lynn Carter (**voir ce nom**), les oyabuns seraient sexomorphes. Ils auraient la faculté de choisir leur sexe après leur initiation, voire de changer de sexe pendant les périodes de pleine lune et même d'être hermaphrodite. Cette hypothèse n'a jamais été confirmée.

### Shobun

Parlementaire ou ambassadeur. À l'origine, ils étaient sept :
- Proserpine, Maître des daïmons
- Baalberith, Maître des alliances,
- Léonard, Maître de frelons lactifère
- Pan, Maître des griffons,
- Pluton, Maître des dragounes,
- Léviathan, Maître des krakens,
- Eurynome, Maître des banjees.

Selon Lynn Carter (**voir ce nom**), il ne s'agirait que d'un titre et non du nom d'un quelconque personnage.

À la venue du Bobun, il ne restait plus que Proserpine. Il a été décapité par l'Archange Gabriel comme ses compagnons. Le Bobun a décidé alors de ne plus les limiter à sept.

Aujourd'hui, les treize shobuns les plus célèbres à Pekigniane sont :

- Cecily la ténébreuse (**voir ce nom**). Elle semble être plus que shobun. Son statut a été contesté dans des circonstances assez étranges,
- Johanna la noire, maître griffon,
- Laura la sombre, maître griffon,
- Nexus l'ivoire, maître kraken,
- Goa l'ambrée, maître griffon,
- Trixie la blonde, maître kraken,
- Loken la dorée, maître dragoune,
- Ankel la blanche, maître banjee,
- Eufrat la brune, maître banjee,
- Finga la rousse, maître dragoune,
- Fekeur la flamboyante, maître dragoune,
- Nisha la cuivrée, maître griffon et
- Myokoto, la chablis, maître kraken.

D'autres shobuns sont arrivés plus tard. Aujourd'hui, on pense qu'ils sont plusieurs centaines.

### ▪ Carter Erwan

Mari de Lynn Carter (**voir ce nom**), Erwan, citoyen belge, enseignait la sociologie dans les universités de Berkeley aux États-Unis et d'Oxford en Grande-Bretagne. Il partageait souvent les mêmes analyses que son épouse. Toutefois, sa position concernant Pekigniane diffère de celle de sa femme.

À l'origine, il voulait plutôt étudier les Chevaliers-lumières (**voir ce mot**) pour lesquels il éprouvait plus d'intérêt. Assassiné par ces derniers au cours de son deuxième séjour, il n'a malheureusement publié aucune étude sur ce sujet.

Il est regrettable que ses notes, prises au cours du premier voyage, aient été laissées à bord de son bateau au cours du sauvetage de la première expédition. On n'a retrouvé aucun texte émanant de lui à sa disparition. Il semble de mêmes surprenants, qu'aucune note prise au cours de son deuxième voyage n'ait été retrouvée. Elles auraient été détruites par les chevaliers-lumières.

Certaines personnes mal intentionnées, prétendent que ses travaux auraient été détruits par sa femme. On ne peut que douter de cette assertion quand on connaissait la vie harmonieuse du couple Carter.

- **Carter Lynn**

**Le personnage**

On pourrait écrire des dizaines de romans sur et à propos de Lynn Carter. Ethnologue prometteur, disciple de Levy-Strauss et de De Scola, elle était titulaire d'une chaire à Oxford en Angleterre, à Berkeley aux États-Unis et bien entendu au Collège de France à Paris. Elle possédait la double nationalité britannique et belge. En effet sa mère, une noble, de vieille famille irlandaise, a épousé un diplomate belge.

Pendant que son père exerçait sa profession en France, elle a fait ses études à Paris. Sa thèse sur les « Mythes communs à toutes les civilisations » a été vulgarisée dans le grand public. Cet ouvrage a même été un best-seller, traduit dans presque toutes les langues.

Extrêmement brillante, on lui prédisait le plus grand avenir. Ses travaux font toujours référence. Comme son mari, âgés de moins de quarante ans au moment de leur première expédition, ils appartenaient chacun à de riches familles. Elle a publié de nombreux ouvrages, qui font autorité, sur notamment, les minorités de l'Asie du sud-est et des tribus indiennes du continent nord-américain.

Grande sportive, elle pratiquait arts martiaux, tir à l'arc, danse, plongée, voile. Elle pilotait toute sorte d'engins à moteur.

Bien que n'ayant aucun lien de parenté avec son mari, paradoxalement, ils portaient déjà le même nom. Signe du destin, ont prétendu certains. Son mariage, avec son mari, Erwan, a été considéré comme un des plus beaux mariages du siècle. En effet, ils étaient tous deux beaux, intelligents, fortunés et bénéficiant déjà à 32 ans d'une solide notoriété.

Lynn Carter a été la seule à pouvoir organiser des expéditions à Pekigniane avec la collaboration du Bobun.

Les expéditions, organisées par d'autres scientifiques, n'ont fait que confirmer les travaux de Lynn Carter et de son mari Erwan. Tous les autochtones, buns et chevaliers-lumière les ont souverainement ignorés, voire méprisés.

## Première expédition (an II)

La première expédition a été le résultat du plus grand des hasards. Alors qu'elle organisait avec une équipe de huit personnes sur des îles inexplorées du pacifique, son hélicoptère a été pris dans une tempête et s'est écrasé… à Pekigniane. L'expédition y a séjourné pendant près de quatre mois. Elle a pu quitter Pekigniane avec des échantillons de faune et de flores, des bijoux-vivants, des sabres (**voir rubriques souvenirs, faune, flore**) et autres artefacts, sur un bateau fourni par le Bobun (**voir rubrique buns**). Après avoir dérivé pendant plus d'une semaine, les membres de l'expédition ont été recueillis… dans le triangle des Bermudes, par les garde-côtes américains qui malheureusement ont abandonné leur esquif. Selon Lynn Carter l'ensemble de ses échantillons et artefacts auraient été saisis par les douanes américaines et auraient ensuite mystérieusement disparu. Les autorités américaines nient encore les faits. Selon certaines rumeurs, les échantillons se seraient liquéfiés, sous le nez des autorités, juste après la saisie, puis se seraient évaporés.

Toutefois, Lynn Carter aurait réussi à soustraire aux autorités une cape, plusieurs bijoux-vivants et un sabre (**voir rubrique souvenirs**) en orichalque (**voir ce mot**). Actuellement ces pièces, propriété du British-Museum, n'ont plus jamais été exposées au public depuis sa disparition. On dit que ses pièces auraient disparu dans des circonstances inexpliquées. C'étaient les seules preuves de son premier voyage à Pekigniane. On s'était rendu compte après analyse qu'aucun des matériaux, dont sont composés ces artefacts, n'était connu.

Elle a ensuite publié, à compte d'auteur, un premier ouvrage sur Pekigniane (aujourd'hui épuisé). Les scientifiques étaient confrontés à un problème insoluble. Où se situait Pekigniane ?

## Deuxième expédition (an III)

Elle a monté une deuxième expédition sur ses fonds propres avec la même équipe et accompagné de dix autres scientifiques (botanistes, éthologue, physicien, etc.).

Cette fois-ci, elle est partie en bateau… d'Amsterdam. Pourquoi a-t-elle mis le cap au sud-ouest ? Comment a-t-elle choisi sa route ? Était-elle certaine d'arriver à Pekigniane ? Autant de questions et bien d'autres qui restent aujourd'hui sans réponses. On prétend aussi que l'expédition aurait été guidée par le Bobun lui-même.

Autant on peut comprendre que les membres de la première expédition aient pu lui faire confiance, autant on peut se demander quels arguments ont pu être avancés aux autres scientifiques pour les convaincre. Sans doute sa notoriété et la curiosité ont dû jouer en sa faveur.

Suivi au radar et par des balises GPS, son navire n'a plus émis de signal dans des conditions étranges (**voir rubrique géographie**).

L'équipe est restée près d'une année absente. Mais, cette deuxième expédition a été un véritable désastre. Des dix-huit membres de l'expédition, seules Lynn Carter et un sociologue Bernard Andrieu sont seuls rentrés sains et saufs. On les a retrouvés errant… dans les Alpes-de-Haute-Provence. Aucune explication n'a pu être fournie.

La première chose qu'elle a faite, à son retour, a été de dénoncer une grande partie des conclusions de sa première expédition, dans une conférence de presse. Elle a tenté de racheter l'ensemble des ouvrages qu'elle avait publié à compte d'auteur pour… les détruire.

Elle a aussi interdit toute reproduction même partielle de son œuvre. Ce qui a provoqué un véritable tollé dans les milieux scientifiques. Cela explique pourquoi ses ouvrages sur Pekigniane sont introuvables.

Dans les notes, non publiées, de son deuxième voyage, elle décrit d'une part les chevaliers-lumières (**voir ce mot**) comme des monstres sanguinaires qui ont assassiné son mari et tous les autres membres de l'expédition après les avoir torturés sauvagement. Elle décrit, d'autre part, la société des buns comme une société idéale, avec laquelle il serait profitable d'ouvrir des relations diplomatiques. Certains états ont accepté ce principe avec un certain scepticisme.

Certains prétendent qu'elle aurait rencontré le Bobun (**voir ce mot**), en France, afin de déterminer les conditions d'ouverture des relations diplomatiques entre Pekigniane et le reste du monde.

Après, elle a sombré, selon les scientifiques, dans un mysticisme anticlérical primaire. Ces derniers ont attribué cet état consécutivement à la perte de son mari et à l'échec de la deuxième expédition.

Puis, avec Andrieu (**voir ce nom**), elle a organisé des conférences dénonçant les religions. C'est au cours de l'une d'elle qu'Andrieu a été assassiné par un intégriste chrétien à Philadelphie.

Après cet assassinat, elle a fait don de tous ses biens à la fondation anticléricale qu'elle avait créée. Elle a demandé au British-Museum de lui restituer les artefacts ramenés de son premier voyage. Ce qui lui a été refusé sous des arguments juridiques assez fallacieux. Un procès suit encore son cours. Puis, elle est repartie sur Pekigniane. Ses carnets de notes font toujours l'objet d'études et de controverses assez violentes. Ses travaux sont toutefois confirmés au fil du temps. Toutefois, certains milieux scientifiques ne lui font plus confiance, à propos de Pekigniane, au motif qu'elle aurait été de parti pris et trop émotive. De plus, certains lui reprochent un côté fantasque et contradictoire concernant ses propres conclusions.

### Troisième expédition (an V)

Excédée, elle a déclaré dans une lettre testamentaire qu'elle retournait sur Pekigniane et a disparu depuis. Certaines personnes pensent l'avoir reconnu là-bas. Elle serait devenue oyabun **(voir rubrique buns)** et naviguerait avec un kraken **(voir rubrique faune)**.

Un carnet de notes de son troisième voyage a réapparu dans des circonstances un peu étranges.

Certains parlent encore des expéditions de Lynn Carter comme des expéditions maudites de Pekigniane.

- **Château-lumière**

Il existe en réalité quatre Château-lumière.

Les constructions principales (palais, temples etc.) sont restées intactes. La majorité des habitations ont été détruites. Toutefois, les temples ont tous été transformés en… établissement de bains (?).

Les quatre sont successivement tombés aux mains des buns. Les buns ont mené une politique d'occupation étrange. Les défenseurs qui ont refusé de se rendre ont été décapités. Une pyramide constituée des têtes des vaincus s'est élevée face à la porte principale.

### Le vrai Château-lumière

Imaginez un château de conte de fée à la Walt Disney et vous aurez une idée du Château-lumière. La ville du Château-lumière est ceinte de murailles en pierre avec des tours, pont-levis et tout le tralala. Les maisons sont dans le style gothique en bois ou en pierre. Bref, la ville moyenâgeuse de rêve. Tout se visite, accompagné d'un page ou d'un chevalier lumière. Sur le détail des visites une brochure vous est remise en… vieux français (?).

### Massade

Château-lumière des Tsahls (**voir rubrique chevaliers lumière**). La ville, perchée sur un python rocheux semblait imprenable. À la mort de la reine, elle est tombée aux mains de buns après deux heures de combat.

### Castel-Bridge-Roma

Château-lumière des Francs-croisés (**voir rubrique chevaliers lumière**). Dernière forteresse à tenir tête aux buns. Elle fut prise lors de la guerre du Psah.

### Ksar-Mecka

Château-lumière des Sarrazins (**voir rubrique chevaliers lumière**). Après la destruction de la flotte, la ville fut occupée par les buns, lors du deuxième voyage de Lynn Carter.

- **Castel**

Petite demeure seigneuriale des chevaliers-lumière (**voir ce mot**).

Le castel peut prendre la forme d'un petit château, d'une simple tour ou d'un pont fortifié aux deux extrémités. Certains ressemblent à de ksars.

Tous les castels sont tombés aux mains des buns.

- **Chevalier-lumière**

Le terme Chevalier-lumière est générique. Il désigne l'ensemble de la population des fiefs (**voir ce mot**) et du Château-lumière (**voir ce mot**).

En armure, comme dans les contes de fée, ils chevauchaient des licornes (**voir rubrique faune**) et étaient souvent accompagnés de gros chiens : les fouramairds (**voir la rubrique faune**).

## Chevaliers

Trois types de chevalier résident dans les fiefs et au Château-lumière :

- Les Francs-croisés. Ils constituaient 50 % de la population. Ils répondaient aux ordres de Christo, le seigneur de la croix. Ils chargeaient en criant : « Tuez-les tous, Dieu reconnaîtra les siens ». Leurs costumes correspondaient à ceux portés en Europe au 14° siècle.
- Les Sarrazins, 40 % de la population, étaient plus des marins. Ils avaient en charge l'entretien de la flotte. Moham, le seigneur du croissant, les com-

mande. Leur cri de ralliement est : « Il n'y a qu'un seul Dieu et Moham est son prophète ». Leurs costumes seraient celui des Maures du 14° siècle.
- Les Tsahls n'étaient pas plus de 10 % de la population. Ils avaient pour mission la défense les murs. Ils ne rendaient de compte qu'à Abram, seigneur de l'étoile. Leur charge s'accompagnait d'un : « L'Éternel est tout puissant et sa colère s'abattra sur ses ennemis ». Leurs costumes s'apparentaient à ceux des Byzantins du 8°siècle.

## Dames du Château-lumière

Ces dames étaient les épouses des seigneurs des châteaux :
- Ève, la rousse aux cheveux de feu, femme d'Adar. Elle a disparu à la chute du Château-lumière.
- Sarah, la brune aux yeux de braise, épouse d'Abram. Elle a été écorchée vive.
- Marie, la blonde à la peau de velours, épouse de Christo. Elle est morte crucifiée.
- Fatma, la noire au corps de liane, épouse de Moham. Elle a fini sur le pal.

Prenant successivement leur épouse pour Jézabel (**voir ce nom**), elles ont eu une fin tragique. Les trois dernières ont été condamnées à mort à l'unanimité des seigneurs des châteaux et avec l'assentiment d'Ève. On prétend que les seigneurs des châteaux se sont repus de leurs agonies. Celle-ci a duré plusieurs jours.

## Écuyers

Les écuyers sont des adultes au service des chevaliers

Chaque chevalier peut avoir à son service jusqu'à dix écuyers. Si l'écuyer accompli un exploit remarquable, il devient chevalier.

## Gardien de la foi

Sortes de moines orthodoxes religieux. Ils peuvent procéder à la mise en accusation et à la condamnation de tout individu accusé d'hérésie.

Les plus célèbres sont :
- Eli pour l'étoile,
- Savonar pour la croix, et
- Ali pour le croissant.

## Gardiennes d'Adar

Femmes guerrières, devant rester vierges.

## Piétaille

Soldat de l'armée du Château-lumière.

Certains étaient volontaires ou de métier, et d'autres enrôlés de force pour cinq ans. Un soldat pouvait parfois devenir écuyer ou chevalier.

## Seigneurs du Château-lumière

Il existait quatre seigneurs du Château-lumière dont les trois derniers sont religieux :
- Adar, le Roy des rois, commandait l'armée et la vie sociale. Il est le commandeur des Archanges et des anges.

- Abram, le seigneur de l'Étoile et des Tsahls.
- Christo, le seigneur de la Croix et des Francs-croisés.
- Moham, le seigneur du Croissant et des Sarrazins.

Ils sont assistés des Archanges (**voir ce mot**) qui commandent eux-mêmes, chevaliers, écuyers et piétailles.

**Servantes des reines**

Les quatre dernières servantes (Gwenda, Ester, Kathryn et Aïcha) des reines ont eu un destin surprenant. Au départ candidates pour devenir reine, elles ont eu plus de chance que d'autres (Annabelle, Tsivia, Sophie et Zoubida) qui ont été exécutées.

Gwenda est devenue reine à la mort d'Adar. Les trois autres seraient devenues oyabuns.

- **Cecily la Ténébreuse**

Son existence même est contestée. En dehors de Lynn Carter (**voir ce nom**), personne ne l'a jamais rencontrée. Son intronisation comme shobun aurait provoqué de nombreuses controverses. L'Archibun (**voir rubrique buns**) aurait refusé de la reconnaître.

Elle aurait vaincu Hagen de Tronège (**voir ce nom**), son écuyer, sa licorne et son fouramaird (**voir rubrique faune**), alors qu'elle n'était qu'éclose. De nombreux spectacles vivants (**voir ce mot**) racontent cette épopée.

On prétend qu'au cours de son imprégnation (**voir ce mot**) elle aurait été maître dragoune, maître banjee, maître griffon et maître kraken (**voir rubrique faune**).

En tout état de cause, nous doutons de son existence. Nous pensons qu'il ne s'agit que d'un mythe ou d'une héroïne de légende.

- **Climat**

Le climat est tropical ou méditerranéen selon les zones. Toujours plus de 30° pendant la journée, la température peut descendre à 18° pendant la nuit. Il pleut pratiquement tous les jours, pendant une à deux heures avant le lever du soleil.

- **Cuisine**

Il est difficile de mieux manger qu'à Pekigniane. Mais, on ne sait pas ce qu'on mange. On vous sert un plat qui peut être différent pour chacun. Joliment préparés, les plats sont aussi bons qu'ils sont beaux à regarder. Les senteurs sont sans pareil. On conseille notamment le shoushli-moushli : un assortiment de hors-d'œuvre.

Attention, au Château-lumière (**voir ce mot**), la nourriture est fade : une sorte de ragougnasse avec des féculents sans goût. Elle ne sent pas très bon.

- **Déplacements intérieurs**

Il n'existe aucun moyen de transport en dehors des portails-distrant et de la marche à pied. Paradoxalement, celle-ci n'est pas fatigante même pour les gens en mauvaise condition physique.

Toutefois on peut avoir la chance d'être invité à monter sur un dragoune, griffon, banjee ou kraken (**voir la rubrique faune**). Ne manquez pas cette expérience si on vous la propose. Il est regrettable que ce genre de tour ne puisse s'acheter. Ce sont les oyabuns qui vous le proposent à titre gracieux, sans qu'on sache comment ils opèrent leurs sélections

- **Distrant**

Le distrant est une sorte de téléportation qui permet de se déplacer d'un portail-distrant à un autre portail-distrant. Le distrant ne peut être utilisé sans danger que sous le contrôle des buns.

**Portail-distrant**

Ils se trouvent en général dans certaines tours-visages (**voir ce mot**). Ce sont les tours-distrant (**voir ce mot**). On les trouve aussi dans tous les consulats/ambassades étrangères à Pekigniane. Le portail-distrant ressemble à une porte Tori japonaise. Il mesure de deux à trente mètres de hauteur et peut atteindre une largeur de vingt mètres. Pour utiliser le portail-distrant, il faut se conformer strictement aux indications des buns. Ne pas se conformer à leur procédure serait à vos risques et péril. On a vu ce qui est arrivé aux soldats de l'armée d'invasion durant la guerre du psah (**voir rubrique histoire**).

Il existe des portails-distrant dans tout Pekigniane dont un à proximité du Château-lumière (**voir ce mot**).

### Projection-distrant

Selon Lynn Carter (**voir ce nom**), dans certaines circonstances, les oyabuns (**voir ce mot**) pourraient se téléporter sans utiliser de portail-distrant. Cette hypothèse n'a jamais été vérifiée.

### ▪ Djengheule-passe

Petite bourgade, occupée à l'origine par les buns, située à mi-chemin de Pekigniane-City et du Château-lumière.

Trois batailles s'y sont déroulées :
- La prise de Djengheule-passe par les chevaliers-lumière.
- La défaite de Djengheule-passe où les armées du Château-lumière furent anéanties par les buns.
- Le massacre de Djengheule-passe qui concrétisa la défaite de la coalition pendant la guerre du Psah.

Djengheule-passe, après sa réoccupation par les bun, accueilli tous les transfuges (**voir ce mot**).

### ▪ Djengheule

La djengheule est mortelle. Elle couvre 60 % de la surface de Pekigniane. Ne vous y aventurez jamais sauf si vous avez pris la décision de mettre fin à vos jours. Même les buns n'y pénètrent pas et seuls les oyabuns y font des incursions. On ne sait pas ce qui y vit, mais on estime la durée de survie dans la djengheule à moins d'une minute.

Toutefois, durant son deuxième séjour, Lynn Carter (**voir ce nom**) y aurait séjourné pendant plusieurs jours après s'être échappée du Château-lumière (**voir ce mot**), accompagnée du Bobun et de la Mabun (**voir rubrique buns**). Ses notes sont silencieuses en ce qui concerne les détails de ce séjour.

Une expédition scientifique, après les expéditions Lynn Carter, avait effectué une tentative d'exploration de la djengheule. Les membres restés en arrière ont entendu des hurlements, dès que les premiers explorateurs ont disparu de leur vue. Tous ceux qui ont tenté de ramener leurs compagnons ne sont pas réapparus. En fait, on ne sait pas ce qu'il y a dans la djengheule et nul n'est jamais revenu pour le raconter. Nous vous conseillons de ne pas être curieux et de rester dans l'ignorance.

N'essayez pas d'interroger un oyabun (**voir rubrique buns**), il vous regardera avec un sourire et vous répondra « l'expérience est intéressante, mais tu n'es pas prêt ».

- **Éclose (voir éducation)**

Nom donnés aux buns à la naissance. L'éducation des écloses est effectuée par un guide (**voir ce mot**) au Palais du bun (**voir ce mot**).

- **Éducation**

En dehors des thèses de Lynn Carter (**voir ce nom**), qu'elle a elle-même réfutées, on ne sait rien de l'éducation des buns.

Selon elle, les buns, à la naissance, seraient regroupés par groupe de douze pour former un groupe fusionnel (**voir ce mot**). À ce stade de l'éducation on les nomme écloses (**voir ce mot**). Un guide (**voir ce mot**) s'occuperait de leur éducation dans les profondeurs du Palais du bun (**voir ce mot**).

La seconde phase serait prise en charge par un Maître-chats (**voir rubrique faune**) qui les accompagnerait dans la djengheule, les volcans, les monts enneigés et la bitche (**voir ces mots**). Les kobuns deviennent alors des apprenties (**voir ce mot**).

La dernière phase est effectuée par un mentor (**voir ce mot**) dans une tour de guet (**voir ce mot**).

Ensuite se produirait la cérémonie de l'imprégnation (**voir ce mot**). Ceux qui réussiraient la totalité du cursus deviendraient oyabun (**voir rubrique buns**) et les autres resteraient des kobuns.

Seuls 30 % à 50 % survivraient ou finiraient le cursus complet. L'ethnologue aurait affirmé que chaque oyabun vivrait en symbiose avec un sgonx, un maître-chat et un dragoune, kraken, griffon ou banjee (**voir rubrique faune**). Cette thèse aurait été développée dans les notes de son dernier voyage.

## ▪ Économie

### Le principe de l'autarcie

Les buns se nourrissent principalement des produits de l'arbre-monde. Toutefois, ils peuvent s'adonner à la chasse et à la pêche. Ils se livrent parfois à la cueillette de légumes, racines et fruits sauvages dans les plaines ou à la lisière de la djengheule.

En réalité, on ne connaît rien de l'économie des buns.

Les habitants du Château-lumière (**voir ce mot**) pratiquent une polyculture vivrière et un élevage intensif ressemblant à ce celui du haut moyen âge.

### La production

Les bijoux-vivants, les sabres et les capes seraient produits dans les tours-visages (**voir ce mot**), probablement dans les tours de guet. Enfin, c'est ce qu'affirme Lynn Carter (**voir ce nom**).

Les habitants du Château-lumière (**voir ce mot**) ne produisent rien qui vaille la peine d'être ramené. On ne sait pas d'où viennent leurs armes et leurs armures.

### Les exportations

Aujourd'hui, Pekigniane n'exporte qu'un seul produit : le psah (**voir ce mot**) en tant que substitut du pétrole. On rappelle, que selon son mode de préparation, il peut servir soit de boisson, soit de substitut au pétrole. Il est très dérangeant pour le commerce. En effet, une fois que vous en mettez une goutte dans votre réservoir, votre véhicule fonctionnera éternellement sans qu'il ne soit jamais besoin de rajouter quoique ce soit. De plus, si vous prenez une goutte de liquide de votre réservoir et la mélangez avec le carburant d'un autre véhicule, celui-ci fonctionnera selon les mêmes propriétés. Et ainsi de suite.

Le marché que Pekigniane propose aux importateurs est le suivant : soit le psah est mis gratuitement à disposition de la population, soit il est échangé contre des zones désertiques inhabitables.

En application de cet échange, ils ont ainsi installé de grosses enclaves notamment dans le désert du Nevada et en basse Californie, dans le Nord-est du Brésil, dans le désert de Gobi, en Afrique saharienne, en Somalie, dans la zone couvrant le sud de la frontière entre l'Iran et l'Irak ainsi que dans le Néguev en Israël. Dans ces zones, les buns font pousser des arbres monde, construisent des tours-visage et importent leur faune.

C'est ce qui a, notamment, provoqué la guerre du Psah (**voir rubrique histoire**) entre Pekigniane et les pays exportateurs de pétrole. Ils ont interdit l'importation de psah, au motif que cette substance pouvait être consommée comme une drogue. Aux États-Unis, par exemple, le fait de posséder du psah est passible de la peine de mort, sans qu'il soit possible de bénéficier d'une quelconque grâce de quelque nature que ce soit. La peine est exécutoire dans les deux mois.

Aujourd'hui la majorité des pays en voie de développement ont accepté ce marché dont la Chine, l'Inde et les autres pays d'Asie ainsi que les pays de l'Union européenne à l'exception de la France (en application du principe de précaution et pour ne pas renoncer à des taxes, tout en conservant l'intégrité territoriale), la Grande Bretagne et la Norvège bien que n'appartenant pas à l'Union Européenne. On rappelle qu'ils sont tous deux producteurs de pétrole. Ces trois états imposent de lourdes amendes (plus d'un million d'euros ou équivalents) aux utilisateurs de psah. Cette position est d'autant plus incompréhensible que les citoyens de ces trois pays s'approvisionnent dans les autres pays de l'Union Européenne et que les sanctions sont inapplicables. De plus sur le fondement du traité de Rome de 1956, on ne peut ignorer le principe de libre circulation des personnes, des biens et des services à l'intérieur de l'Union Européenne.

La fourniture de psah a permis aux pays utilisant ce substitut, de développer leur économie en diminuant la facture énergétique, au grand dam des pays exportateur de pétrole.

### Les autres échanges commerciaux

Pekigniane accepte de nous débarrasser de nos ordures moyennant les mêmes modalités commerciales que pour la fourniture du psah (**voir ce mot**). Les déchets, sont portés dans les enclaves à proximité des portails distrant et les buns les font disparaître. Nul ne sait ce qu'ils deviennent.

Certains états plutôt que de commercer avec les buns exportent les déchets vers certains pays du tiers-monde (Afrique, Asie, Amérique Latine). Ces pays échangent les zones désertiques contre le traitement des déchets. Ce qui n'est pas sans susciter l'inquiétude de certains qui craignent que d'ici quelque temps, une grande partie de la terre ne soit recouverte d'enclaves des buns.

Ce qui est surprenant, comme on l'a vu pendant la guerre du psah (**voir rubrique histoire**), c'est que ces enclaves ont les mêmes propriétés que Pekigniane, notamment en ce qui concerne les lois physiques (**voir ce mot**).

Pekigniane a aussi proposé d'installer gratuitement des tours-distrant (**voir ce mot**). Des pays (certains états de l'Union-Européenne, les pays d'Afrique, les pays d'Asie du Sud-Est, le Japon, la Corée du sud) ont accepté le principe afin de faciliter leurs transports intérieurs. Dans d'autres pays des négociations sont en cours.

- **Famille**

La structure familiale est assez orthodoxe. Elle se compose d'un trisme. Composée de trois personnes, un homme (pas vraiment identifiable) vit avec deux femmes. Chaque membre du trisme appartient à un autre trisme. C'est un peu compliqué.

À l'occasion des fêtes de la pleine lune (**voir ce mot**), chaque trisme peut se défaire et se refaire.

L'autre particularité, c'est qu'on ne voit jamais ni de femme enceinte, ni d'enfant.

Pourtant Lynn Carter (**voir ce nom**) développe d'autres thèses dans ses carnets de voyages. Elle affirme que le trisme est composé d'un homme, d'une femme et d'une hermaphrodite.

Elle aurait avancé l'hypothèse que les Buns ne sont pas des humains mammifères mais… des ovipares, confirmant ainsi l'affirmation des Chevaliers-lumière (**voir ce mot**). Les œufs seraient tous pondus par la Mabun après fécondation par les Bobun et aval du Bun **(voir ces mots)**. Les œufs auraient été pondus par milliers et entreposés dans les profondeurs du Palais du Bun. Nul n'a pu infirmer ou confirmer cette hypothèse assez délirante. Elle a ensuite démenti cette assertion, et selon certaines rumeurs pour ne pas effrayer la population.

Il est à noter que pendant certaines cérémonies qui ont lieu dans les cours des tours-visages, sur la côte du poignet (**voir rubrique géographie**), on voit une grande concentration d'oyabuns. Les touristes ne sont jamais admis à ces cérémonies, si elles existent réellement.

Au Château-lumière (**voir ce mot**) les structures familiales sont normales. On rencontre des femmes enceintes et des enfants.

- **Faune**

Nous ne parlerons que des animaux spécifiques à Pekigniane. Seuls les animaux accompagnés d'un bun ne sont pas dangereux voire amicaux. Les autres ne vous en approchez jamais. Vous leur serviriez de repas.

### Banjee ou ptérodactyle siffleur

Les buns les considèrent comme des êtres d'air.

Selon Lynn Carter (**voir ce nom**), à l'origine, les buns les nommaient ptérodactyles siffleurs. Eux-mêmes se nommaient banjees. Leur nom d'origine a eu la primauté

Physiquement ils s'apparenteraient à un croisement de vautour et de condor. Leur plumage gris noir est assez terne. Leur envergure dépasse les 20 mètres pour un corps plus de 5 mètres. Perchés en haut des montagnes, ils strident, sorte de hurlement qui vous glace et vous paralyse ou, qui peut être extrêmement mélodieux. Leur bec long de près de mètres est garni de longues dents acérées. Parfois, ils ricanent comme les goélands.

On dit qu'on peut communiquer avec eux. Mais seuls les oyabuns (**voir ce mot**) y parviennent avec ceux qu'ils ont apprivoisés.

### Daïmons

Terme générique regroupant : dragounes, banjees, krakens et griffons.

### Dragoune

Les buns les considèrent comme des êtres de feu.

Couverts, d'écailles, physiquement, ils ressemblent aux dragons chinois et mesurent plus de 15 mètres de long. Bien entendu, ils crachent du feu et volent. Parfois, ils condescendent à communiquer avec vous par… télépathie. L'expérience est assez impressionnante. Leurs chants sont graves et rauques (comme ceux d'un fumeur).

### Fouramaird

Espèce de molosse, au pelage blanc comme les dog argentins, qui ont une fois et demie la taille d'un doberman. Ils accompagnent les Chevaliers-lumière (**voir ce nom**). Ne vous en approchez pas trop près, ils sont excessivement agressifs. Comme les licornes, leur comportement est assez fantasque. Les buns les chassent pour les manger en brochettes ou en ragoût.

### Frelon lactifère

Animal mortel. Imaginez une espèce de frelon de plus de près de 60 cm de long. Ils attaquent en essaim, dans les plaines et dans la djengheule. La piqûre vous paralyse et vous place dans une extase sans nom. Agréable, mais après vous avoir paralysé, le frelon va déposer ses œufs dans votre corps. Les larves vont s'en nourrir avant de sortir prendre leur envol. Ils ne laisseront derrière eux, qu'un cadavre.

Il n'existe ni sérum, ni vaccin contre les piqûres. Seul un oyabun peut vous sauver immédiatement après avoir été piqué. Comment font-ils ? Secret bien gardé. Ils prétendent renouer les fils (**voir ce mot**) : incompréhensible.

Les buns traient les frelons lactifères afin d'extraire le venin. Selon Lynn Carter (**voir ce nom**), le psah (**voir ce mot**) serait extrait de ce venin.

### Griffon

Les buns les considèrent comme des êtres de terre.

Animal apprivoisé, de plus de 3 mètres de long, il ressemblerait au croisement d'un tigre, d'un hippopotame et d'un rhinocéros. Leur pelage rouge, marron et or, est extrêmement soyeux.

Avec eux aussi, il est possible de communiquer par télépathie. Ils adorent se balancer d'un pied sur l'autre afin de scander un rythme et chantant.

## Gricht

C'est l'animal le plus horrible, car il transmet la fièvre afguide. Le Gricht ressemble à une espèce de blatte combinée avec un scorpion. Il mesure moins de dix centimètres. Selon Lynn Carter (**voir ce nom**), ils infesteraient la djengheule (**voir ce mot**). On ne ressent pas sa piqûre et on n'en voit pratiquement jamais en ville.

On prétend qu'il serait le vecteur de transmission de la fièvre afguide (**voir ce mot**).

Selon Lynn Carter, le gricht et le sgonx ne sont qu'un seul et même animal qui réagirait selon les personnes. Toujours selon elle, les oyabuns (**voir ce mot**) les apprivoiseraient et s'en serviraient d'armes qu'ils cacheraient dans leurs bijoux-vivants (**voir rubrique souvenirs**). Ces hypothèses n'ont pas pu être vérifiées. Toutefois, on a vu après la guerre du psah, l'épidémie de fièvre afguide qui a décimé une partie de la population des pays de ce qu'on a appelé la coalition américano-musulmane.

## Kraken

Les buns les considèrent comme des êtres d'eau.

Apprivoisé lui aussi, à mi-chemin entre la baleine à bosse et l'orque, sa dentition est redoutable. Mesurant plus de 30 mètres, sa peau aussi lisse que celle d'un dauphin revêt les mêmes couleurs que celle d'une orque. Sur son dos juste après la tête, se trouve une bosse transparente dans laquelle on pénètre comme dans un bain. Il arrive que les oyabuns (**voir rubrique buns**) vous invitent à faire un tour pour visiter la bitche (**voir ce nom**). L'immersion dans la bosse est assez déconcertante. Mais la ballade vaut le détour.

Parfois les krakens viennent chanter au bord du rivage, notamment pendant les nuits de pleine lune (**voir ce nom**).

### Licorne

Elle ne vit qu'aux abords du Château-lumière (**voir ce nom**). Apprivoisée par les Chevalier-lumière (**voir ce nom**), elle est conforme à la représentation mythologique.

Attention, carnivore, elle peut être dangereuse et vous embrocher en ricanant, ou encore vous mordre sauvagement. Ne passez jamais à moins d'un mètre d'une licorne.

Les buns les chassent pour les manger.

### Maître-chat

Les buns les considèrent comme des êtres neutres.

Gros chat doué de la parole, le maître chat est doux et affectueux. Il est presque toujours accompagné d'un oyabun.

Il peut arriver, uniquement quand vous êtes seuls, qu'ils viennent discuter avec vous. De quoi parlent-ils ? De ce qui vous tient à cœur. Mais dès que quelqu'un s'approche, il vous quitte sans autre forme de procès.

### Ptérodactyle siffleur

Voir banjee

**Sgonx**

Petit animal à fourrure qui ressemblerait à un grimlin il ne mesure pas plus de 10 centimètres. Totalement inoffensif, il adore se faire caresser et se blottir sur votre nombril. Sa présence est très agréable car apaisante. Il peut rester votre compagnon pendant tout votre séjour et… disparaître le jour de votre départ.

Ils sont, avec les maîtres-chats, des animaux familiers ou les compagnons des oyabuns.

N'essayez jamais d'attraper un sgonx de force. Il vous mordrait jusqu'à ce que vous le relâchiez.

**Autres animaux**

Deux autres animaux sont assez curieux. Ils vivent exclusivement dans les arbres-monde. Il ressemble à un croisement d'écureuil et de félin. Le mâle s'appelle le ptiqueur. Mesurant cinquante centimètres, il est tout mignon, et assez intelligent. Il débarrasse les tables, grâce à ses membres préhensiles, vient ronronner, etc. La femelle, la mégar, râle tout le temps dès que vous faites quelque chose qui lui déplaît. Il semblerait qu'elle ait une horloge interne. Périodiquement elle scande les périodes. On dit qu'elle toujours à l'heure. Si vous êtes en retard, elle râle encore plus. Elle se place derrière vous et ronchonne en tournant en rond pendant que le ptiqueur s'active.

Le requin-anguille vit dans les cours d'eau. Il passe la majorité de son temps à dormir et ne réveille que pour manger.

Le petit singe hurleur s'entend crier au bord de la djengheule (**voir ce nom**). Il fait de brève incursion dans les plaines.

Le rongealgue, le nécroplancton et le sticmou vivent sur la bitche et sont mortels. D'autres espèces marines ou résident dans la djengheule n'ont pu être identifiés formellement. D'après Lynn Carter (**voir ce nom**), elles sont extrêmement dangereuses et mortelles (picfeus, escagorilles, etc.). Ne vous en approchez jamais et ne tentez pas de les attraper.

Il existe aussi d'autres espèces d'animaux identiques à nos pays.

- **Fêtes**

**Danses**

Dans les tours-visages (**voir ce mot**), tous les matins, on peut voir des danses du sabre effectuées par les oyabuns (**voir ce mot**). Ces ballets ou enchaînements peuvent durer jusqu'à deux heures.

Dans certaines tours-visages de bord de mer, les danses sont accompagnées de musique. Les chants sont produits par les krakens, le rythme est donné par les griffons qui vont marteler le sol, et l'orchestration est faite par dragounes, banjees et maître-chat (**voir rubrique faune**).

Le spectacle est assez extraordinaire.

Il devient féerique pendant les fêtes de la pleine lune (**voir ce mot**). En effet pendant cette période, les après-midi font l'objet de grandes joutes. Les oyabuns (**voir rubrique buns**) montés sur griffons vont effectuer des charges impossibles. Ils vont simuler des simulacres de combats. Sur l'eau, les krakens (**voir rubrique faune**) effectuent des ballets nautiques faisant des bonds de plus de 50 mètres tout en réalisant des figures artistiques ; seuls ou en groupes. Vers les fins de la journée et au début de la nuit c'est la valse des banjees qui strident et des dragounes cracheurs de feu (**voir ces mots**). À ne manquer sous aucun prétexte.

### Fête de la pleine lune

On pourrait écrire des thèses et des thèses sur les fêtes de la pleine lune. Chacune dure trois jours. Elles se tiennent tous les mois. Plusieurs choses importantes sont à savoir :

C'est pendant cette période que se déroulent les plus beaux spectacles de Pekigniane.

Dans la rue, à la tombée de la nuit, tout le monde se couvre de sa cape et rabat son capuchon.

Toutes les boissons servies après le coucher du soleil contiennent du psah (**voir ce mot**). Et là, attention. C'est l'occasion pour les buns de changer de trisme. En deux mots, c'est la période de séductions et d'essais d'autres partenaires. Si les buns ne semblent pas particulièrement affectés par ces mœurs un peu débridées, il n'en est pas toujours de même pour vous. Tous les tabous, particulièrement les tabous sexuels tombent, jamais de violence. Vous le gérerez comme vous le pourrez, surtout si vous voyagez en couple.

En résumé, ne sortez pas et ne buvez rien à la tombée de la nuit si vous ne voulez pas prendre de risque. On vous aura prévenu.

## Les projections de spectacles vivants

Cela fait partir des grands mystères (un de plus) de Pekigniane. On ne sait pas comment cela marche, mais cela a toujours lieu dans un arbre-monde transformé en cabaret. Un oyabun (**voir rubrique buns**) commence à raconter une histoire et plus on avance dans cette histoire, plus elle prend corps dans la réalité. On a l'impression d'assister à une projection de cinéma en trois dimensions. Déconcertant.

- **Fief**

Partie de Pekigniane occupée par les chevaliers-lumière (**voir ce mot**).

- **Fils**

Il existerait, selon Lynn Carter (**voir ce nom**), deux sortes de fils. Ces fils constitueraient un réseau à l'intérieur du corps de chaque individu, un peu comme les lignes de méridiens chez les Asiatiques. Ils se concentreraient dans « l'œuf » situé au niveau du bas-ventre, comme l'a décrit Castaneda, dans les mythes des Indiens Yaquis. Chaque individu serait parcouru de fils noirs ou de fils pâles et parfois des deux à la fois.

## Les fils sombres ou noirs ou obscurs

Tous les buns seraient parcourus de fils à dominance noire. Les oyabuns (**voir rubrique buns**) n'auraient que des fils noirs. Ce sont ces fils noirs qui permettraient à chaque individu de vivre en communion avec le Bun.

### Les fils de lumière ou fils pâles

À l'inverse, les chevaliers-lumières (**voir ce mot**) seraient parcourus de fils pâles emprisonnant les fils noirs. Ces fils pâles généreraient chez chaque personne toutes les frustrations de leur vie.

### La mutation des fils

Parfois, les oyabuns (**voir rubrique buns**) peuvent vous débarrasser de certains fils pâles. Selon certaines légendes, l'Hermabun (**voir rubrique buns**) pourrait enlever tous les fils pâles qui recouvrent les fils noirs d'un individu.

### ▪ Fièvre afguide

La fièvre afguide est redoutable. Les premiers symptômes sont les veines saillantes, la peau blanchie, les yeux rougissent. On est pris ensuite d'une folie meurtrière. Le paradoxe dans cette maladie est qu'on veuille d'abord tuer sa famille et ses amis, mais jamais ses ennemis.

Selon Lynn Carter (**voir ce nom**), la fièvre afguide serait transmise par le gricht (**voir rubrique faune**).

Il n'existe aucun remède contre la fièvre afguide.

- **Flore**

Il pourrait exister d'autres espèces, que celles décrites, non répertoriées à ce jour. Beaucoup d'espèces de notre monde poussent sur Pékigniane.

### Anhydrides coloquinte

Imaginez une coloquinte dont la taille varie entre quelques millimètres et plus de cinq mètres. Sa couleur est variable. Elle peut lancer des dards empoisonnés à plus de cent mètres. Elle ne pousserait que dans la djengheule (**voir ce mot**).

Toutefois selon Lynn Carter (**voir ce nom**), les buns les utiliseraient dans leurs bijoux vivants comme armes de défenses.

### L'arbre-monde

C'est une des choses les plus surprenantes qui soit à Pekigniane. Imaginez un arbre dont le tronc mesure plus de 20 mètres de diamètre (plus gros qu'un séquoia), avec un feuillage couvrant plus de 100 mètres de circonférence (comme le rain-tree du brésil) avec des racines aériennes (comme certains banians d'Asie) et couvert de lianes sur la partie extérieure formant ainsi une coupole opaque.

Les buns les modèlent en habitations. Ils créent à l'intérieur, tant au niveau du sol que dans les feuillages des pièces, des salles d'eau en recueillant l'eau de pluie. Ils se nourrissent de la sève, de toutes les plantes parasites qu'ils utilisent comme légumes et de tous les animaux qui y vivent.

## Le mange-béton

C'est une espèce de champignon qui ronge béton, ciment, pierre et la plupart de nos matériaux. En deux jours, un immeuble de 10 étages et de 100 mètres carrés au sol, n'existe plus.

Les pays qui ont installé leur ambassade voulaient le faire avec leurs matériaux. Finalement, après plusieurs tentatives, ils ont renoncé et utilisé des matériaux locaux.

## ▪ Géographie
### En pratique

À votre arrivée à Pekigniane, vous pouvez vous procurer gratuitement une carte de Pekigniane. On s'est rendu compte d'une part que la carte évoluait et que, d'autre part les distances étaient assez fantaisistes.

Il est donc impossible de dessiner une carte de Pekigniane, en dehors de celle fournie par les Buns.

### Localisation géographique de Pekigniane

Les autorités américaines avaient placé, dans le bateau de la deuxième expédition de Lynn Carter **(voir ce nom)**, des balises GPS. Sur les dix dernières minutes du parcours, les signaux des balises ont identifié la position de Pekigniane simultanément au milieu de l'atlantique, du pacifique, de l'océan indien, au pôle nord et au pôle sud avant de perdre définitivement le signal. Puis, des satellites espions ont identifié, sur les positions relevées, de minuscules taches totalement opaques. Les navires et avions dépêchés n'ont vu qu'un vague brouillard impénétrable, large d'une dizaine de mètres. Les avions qui survolaient les lieux où se trouvaient Pekigniane ont disparu. Les navires qui ont pénétré ces zones ne sont jamais rentrés. Il est donc impossible de situer géographiquement Pekigniane.

### Géographie physique

Il est impossible de décrire la géographie physique de Pekigniane. En effet, celle-ci évolue. Lynn Carter (**voir ce nom**) a dessiné sommairement Pekigniane. Sa forme générale ressemble à une main. Le bout des doigts est exposé plein sud (si on est dans l'hémisphère sud). L'intérieur de la main est couvert par la djengheule (**voir ce nom**). Au centre de celle-ci, se dressent des montagnes escarpées, qu'on estime culminer à plus de 5 000 mètres, ainsi que des volcans en activité. De ces hauteurs partent périodiquement les banjees et les dragounes (**voir rubrique faune**). Entouré par la bitche, les krakens (**voir rubrique faune**) naviguent en toute liberté. Dans les zones de plaines vivent les troupeaux de griffons sauvages (**voir rubrique faune**). Il y pousse aussi des arbres monde (**voir rubrique flore**). Un chapelet d'îles émergent entre le pouce et l'index. Mais la superficie de Pekigniane évolue. Selon Lynn Carter (**voir ce nom**), l'île grandirait avec le temps.

Tout le reste est évolutif ou sujet à caution.

**Géographie humaine**

Pekigniane city est situé dans le creux entre le pouce et l'index. À l'extrémité de chaque doigt se dresse au moins deux tours-visages : une tour de guet et une tour-distrant (**voir ces mots**), mais jamais d'habitation. Dans cette zone, une lande bordée d'arbuste se termine en falaises calcaires. Dans chaque baie entre les doigts, là encore deux tours-visages, bordent la bitche avec une plage de sable fin. Des arbres monde se regroupent vers l'intérieur. Des pêcheurs buns y résident.

Sur l'autre côté (le poignet) les falaises (plus de 200 mètres de hauteur) sont noyées dans la brume pendant la journée. Un soleil pâle donne un peu de lumière. Dès la tombée de la nuit, cette zone est balayée par des vents d'une grande violence. On trouve sur ce côté, six tours-visages, les plus grande de Pekigniane. Selon Lynn Carter, ces tours seraient réservées à la fin du cycle initiatique des oyabuns. Dans une d'elle, résiderait Lidji (**voir ce nom**).

Le Château-lumière (**voir ce mot**) se place à l'extérieur de l'auriculaire. En descendant vers le poignet, on peut apercevoir quelques champs cultivés par les chevaliers-lumière (**voir ce mot**).

- **Groupe fusionnel (voir aussi éducation)**

Groupe dont le nombre varie entre deux et douze écloses (**voir ce mot**). On dit qu'il est parfait lorsqu'il a douze membres.

## ▪ Guide (voir aussi éducation)

Oyabun (**voir rubrique buns**) chargé de l'éducation d'un groupe fusionnel (**voir ce mot**). Il doit enseigner l'histoire, la politique, l'économie, la sexualité, les arts du combat et de la guerre, etc.

## ▪ Hagen de Tronège

Chevalier-lumière qui aurait été vaincu et donné en pâture aux petits singes hurleurs, par Cecily la ténébreuse (**voir ce nom**).

Les chevaliers-lumière avaient juré de la venger. Ils considèrent que la dette ne sera éteinte que le jour où Cecily la Ténébreuse aura péri sur la croix.

Ils n'y sont jamais parvenus.

## ▪ Hébergement

Il n'y a pas d'hôtels à Pekigniane. Le logement se fait exclusivement chez l'habitant.

Chez les buns, comme toujours, vous payez ce que vous voulez.

Il existe quelques habitations en bois à Pekigniane city qui ressemble à des maisons traditionnelles japonaises, à un étage. La majorité des buns vivent dans les arbres-monde (**voir rubrique flore**).

Pour se loger, il suffit de demander à n'importe quel bun qui vous proposera un logement dans un arbre-monde. Parfois dans une maison traditionnelle.

Au Château-lumière (**voir ce mot**), le logement chez l'habitant est aussi possible. Pour trouver un logement, le personnel de la prévôté pourra vous donner toute indication sur les lieux disponibles. Le prix est variable selon la demande. Il peut arriver que l'on vous héberge dans le cloître ou même au château. Faites-vous toujours confirmer les prix.

### ▪ Histoire

Il est extrêmement difficile de différencier les mythes de la réalité historique. On ne parlera en détail de l'histoire de Pekigniane qu'après la deuxième expédition de Lynn Carter (**voir ce nom**). C'est à partir de cette époque que les relations entre Pekigniane et le reste du monde se sont établie. Tout le reste n'est que pur conjecture.

Pour des raisons de simplification, on adoptera le calendrier de Pekigniane. L'année 0 correspond à l'arrivée du Bobun (**voir rubrique buns**).

Il n'est pas certain que la chronologie soit rigoureusement exacte. On a constaté que le temps à Pekigniane ne s'écoulait pas de la même façon que nous.

#### Avant l'arrivée du Bobun

Avant l'arrivée du Bobun (**voir rubrique buns**), Pekigniane était occupé en majorité par les Chevalier-lumière (**voir ce mot**). Pekigniane se serait situé au centre de la terre juste au-dessus du magma.

#### An 0 : L'arrivée du Bobun

Le Bobun à son arrivée à Pekigniane aurait éliminé tous les Archanges restants sauf un. Il aurait conclu une alliance avec les dragounes, banjees, kraken et griffons, assisté d'un maître-chat (**voir rubrique faune**). Un traité de non-agression avec les frelons lactifères (**voir rubrique faune**) lui aurait permis de remporter la victoire de Djengheule-passe (**voir ce mot**) sur les Chevalier-lumière (**voir ce mot**).

Il aurait favorisé la reconstruction des tours-visages. C'est à son initiative que la formation des oyabuns aurait été formalisée. Il aurait décidé de ne plus limiter le nombre des shobuns (**voir rubrique buns**) à sept.

Puis, il aurait accordé à la Mabun quasiment les mêmes pouvoirs que lui-même. Il a annoncé de plus la venue de l'Hermabun (**voir rubrique buns**).

Enfin, il aurait fait remonter Pekigniane des entrailles de la terre et lui aurait donné sa forme actuelle. Mais c'est lui qui aurait décidé de protéger l'île et de ne la rendre accessible que par l'intermédiaire du distrant.

### An II : Premier contact

L'expédition Lynn Carter (**voir ce nom**) débarque à Pekigniane. Elle y réside quatre mois, pendant lesquels le Bobun explique aux membres de l'expédition le fonctionnement de Pekigniane.

À son retour, Lynn Carter proposent l'ouverture de relations diplomatiques entre Pekigniane et le reste du monde.

### An III : Début des relations diplomatiques

Ouverture des négociations concernant l'ouverture de relations diplomatiques.

Arrivée de shobuns, organisés par Lynn Carter auprès de gouvernements intéressés. Échange d'ambassadeurs entre Pekigniane et les États-Unis, l'Union Européenne et la Chine. Premier différend : il porte sur la taille des locaux. Pekigniane arrive à imposer que le territoire alloué sur son sol soit identique à celui qu'on lui alloue en proportion de la surface de chaque état. En contrepartie, Pekigniane mettra à disposition gratuitement des portail-distrant en s'engageant à n'effectuer aucun contrôle sur ce qui y transite. Ouverture des premières ambassades de Pekigniane à Washington, Bruxelles et Pékin selon les critères proposés par Pekigniane. La première surprise concerne l'installation de tours-visages et d'arbres-monde sur les lieux consacrés aux représentations diplomatiques.

Ces états installent leurs ambassades à Pekigniane. D'autres suivent en se regroupant.

La deuxième surprise concerne l'obligation d'utilisation des matériaux propre à Pekigniane pour la construction des ambassades sur le sol de Pekigniane.

### An IV : Imbroglio entre les buns et les chevaliers lumière

Deuxième expédition Lynn Carter.

Parallèlement les États-Unis découvrent l'existence des Chevaliers-lumières (**voir ce mot**). Ils demandent l'échange de relations diplomatiques avec ces derniers qui acceptent.

Les États-Unis ainsi que l'ONU imposent, comme conditions à la poursuite des relations diplomatiques avec les buns, les mêmes conditions aux Chevaliers-lumières qu'aux buns. Ils imposent aux buns l'ouverture de portails-distrant dans le Château-lumière. Ces derniers acceptent de n'en ouvrir qu'à l'extérieur du Château-lumière.

Les Chevalier-lumières demandent l'adhésion à l'ONU, qui leur est accordée, semble-t-il bien rapidement.

Une proposition d'adhésion à l'ONU est faite aux buns qui refusent catégoriquement. En effet, selon la Chartres des Nations Unis, d'une part, la guerre est illicite et d'autre part les prisonniers de guerre sont soumis à la convention de Genève. Or, les buns, selon leur propre déclaration, recherchent la destruction totale des Chevaliers-lumière. Ces derniers les accusent de vouloir procéder à un génocide, suivi d'un nettoyage ethnique.

Coup de théâtre : les Chevalier-lumière prétendent que les buns ne sont pas humains mammifères, mais des animaux ovipares. À ce titre, on ne peut reconnaître aux buns que des droits réservés à certaines espèces animales.

Les buns sont-ils des humains mammifères ou des ovipares ? Quand la question a été posée à l'ONU, certains États affirmaient que cette institution était réservée à l'humanité et non aux espèces animales. Afin de mettre fin aux débats, il a été rappelé la controverse de Valladolid et ses conclusions en 1551, au cours de laquelle on s'interrogeait de savoir si les Indiens avaient une âme.

Il a aussi été rappelé qu'on ne voulait en aucun cas créer une ambiguïté identique à celle de l'existence des âmes des femmes : « Jusqu'à preuve du contraire, elles ont une âme » (deuxième concile de Mâcon en 585), ce qui a été confirmé au concile de Trente en 1 545.

L'ONU n'a pas voulu trancher. Dans sa résolution, votée à une très faible majorité, il a été admis que peu importe la nature des buns, ceux-ci devaient bénéficier des mêmes droits que les Hommes, et les Femmes.

Les buns ont déclaré, forts de cette avancée, que les dragounes, banjees, krakens et griffons (**voir rubrique faune**) devaient bénéficier des mêmes droits que les humains. Ils ont invoqué comme arguments que ces derniers pouvaient communiquer et, étaient doués de raison. Malgré cela, cette dernière proposition a été rejetée à l'unanimité.

### An III à V : Début des échanges économiques

Dans le cadre de l'organisation mondiale du commerce à laquelle tous les états de Pekigniane ont adhéré, le libre-échange a trouvé son fondement.

Mais la situation est biaisée. En effet aucun produit ne résiste à Pekigniane. En revanche la fourniture du psah et l'ouverture progressive des portails-distrant ont commencé.

### An V : Guerre du Psah

Lynn Carter effectue son troisième et dernier voyage avant de disparaître sur Pekigniane.

La fourniture du psah provoque l'effondrement du cours du baril de pétrole. Les économies fondées sur la production et les exportations de pétrole sont rentrées en pleine récession.

L'occupation d'enclaves de Pekigniane à l'intérieur des états a fini par devenir intolérable.

Le 3 juillet, les États-Unis, alliés des pays producteurs de pétrole, ont sommé les buns de rendre les territoires qu'ils occupaient. La coalition, qu'on a appelée aussi la coalition américano-arabe, a envoyé un ultimatum resté sans réponse.

Début août, avec la collaboration des chevaliers-lumière, la coalition a envoyé plus de vingt mille soldats, en petits groupes, par portail-distrant.

Le 8 août, une tentative de coup d'état à Pekigniane, organisée par la coalition échoue.

Le 28 août, un premier assaut a été donné à l'enclave de Chicago par la Garde Nationale. Il s'est soldé par la mort de plus d'un millier de soldats.

Le même 28 août, les forces de la coalition ont attaqué l'enclave des buns située sur la frontière entre l'Iran et l'Irak. Le résultat a été un véritable désastre pour les forces de la coalition.

Des troupes introduites sur Pekigniane avec la complicité des chevaliers-lumière, il n'en est rien resté.

Le 2 septembre, le Président des États-Unis, son Secrétaire d'État à la défense et plusieurs de ses ministres sont retrouvés décapités dans le bureau ovale. La coalition se voit décapité au sens propre comme au sens figuré du terme.

Le 3 septembre, les buns ont fait des propositions de paix par l'intermédiaire de la Thaïlande.

On a estimé à plus de 20 millions le nombre de victimes indirectes de la guerre du psah.

Un traité de paix a été signé à Berlin le 1er octobre.

Aujourd'hui, la situation est revenue à son statu quo antérieur à la guerre du psah. Sauf que, Pekigniane qui était considérée comme une simple curiosité s'est placé dans les premiers rangs des puissances mondiales après avoir détrôné les États-Unis

Les pays Arabo-musulmans appellent régulièrement au djihad contre les buns pour venger cette humiliation intolérable. Périodiquement, des épidémies de fièvre afguide déciment leurs populations.

Depuis la guerre du psah, le premier né d'une famille est toujours hermaphrodite. Les familles ayant eu d'autres enfants par le passé ne donnent plus naissance qu'à des hermaphrodites. Cette situation impose aux états de revoir leur état civil.

### An VI et VII : Guerres indiennes

En septembre VI, l'île de Bali proclame son indépendance et demande à se placer sous la protection de Pekigniane. Ce dernier accepte. L'affrontement avec l'Indonésie qui refuse cet état de fait, sera terrible. Il se traduit par plus de 100 millions de morts victimes de la fièvre Afguide.

En février VII, le Sri Lanka pour échapper à une nouvelle insurrection Tamoul, appuyée par l'Inde, demande la protection des buns. L'acceptation de ces deniers entraîne après la déroute des armées indiennes à l'entrée en guerre du Pakistan contre l'Inde. Une nouvelle épidémie de fièvre afguide frappe ces deux pays. Elle fait plus de 500 millions de morts.

### An VIII : Fonte de glace des pôles

Avec le réchauffement climatique, la fonte des glaces des pôles devenait de plus en plus préoccupante. Les buns proposent de régler le problème.

Après la submersion du Bangladesh et des Maldives, l'ONU donne carte blanche aux buns. La faille éthiopienne est aujourd'hui une mer. Mais on assiste à la disparition de l'ensemble des calottes glaciaires. La réaction des mouvements écologiste a été d'une violence sans nom. Ces protestations n'ont suscité aucunes réactions. On se demande encore aujourd'hui où est passée la glace des pôles.

Conséquence ou non, le climat du continent se réchauffe lentement. L'antarctique est progressivement occupé par les buns.

### An IX : Catastrophes nucléaires du Japon

Après les nouveaux incidents des centrales nucléaires japonaises, le désastre écologique semble imminent. À la demande de l'empereur lui-même, le Japon demande à devenir un territoire de Pekigniane. La population adhère à cette demande du fils du ciel. L'empereur lui-même devient shobun.

Suite à des contentieux territoriaux avec la Fédération de Russie (Îles Sakhaline) et avec la Chine pour quelques obscurs îlots, ces deux pays ont été victimes de la fièvre afguide.

### An X : Conquête du Château-lumière

Le retour du Bobun est effectif. Il décide la fin du Château-lumière. Le Bobun tolère la présence des derniers chevalier-lumière. Il interdit leurs présences dans certaines parties du château, notamment les souterrains, qui sont occupées par les oyabuns.

## Situation actuelle : aujourd'hui

Pekigniane est devenu la première puissance mondiale.

Le continent antarctique a été complètement occupé par les buns. On a vu surgir de l'atlantique, de l'océan indien et du Pacifiques de nouvelles îles qui aujourd'hui deviennent presque visibles.

Le Laos, le Cambodge et la Birmanie ont suivi l'exemple du Japon et sont devenus territoires de Pekigniane. Ces pays sont suivis par presque tous les États du Pacifique et de la Caraïbe.

Certains prétendent que les buns auraient transféré une partie de la glace des pôles sur la face cachée de la lune et y auraient fondé une colonie.

### ▪ Immigration

Rien de plus facile, vous vous installez et personne ne vous dira rien.

De ceux qui ont tenté de s'installer à Pekigniane, plus de 50 % sont repartis. Certains immigrants, sont devenus, à l'instar de Lynn Carter (**voir ce nom**) des oyabuns (**voir ce mot**).

### ▪ Imprégnation

Processus par lequel, au cours d'une cérémonie, une apprentie se place devant des œufs de kraken, griffon, banjee et dragoune (**voir rubrique faune**).

Si un œuf éclos, le bun s'imprégnera du daïmon (**voir rubrique faune**) et deviendra oyabun (**voir rubrique buns**).

Si deux daïmons sortent, alors l'apprentie devient daïbun (**voir rubrique buns**).

Il devient shobun (**voir rubrique buns**) avec trois œufs éclos.

Jamais quatre œufs ne peuvent éclore pour la même personne.

- **Jézabel**

On prétend qu'il s'agirait d'une touriste, venue avec son mari en vacances, transformée en oyabun par l'Hermabun (**voir rubrique buns**). Son identité reste, à ce jour, inconnue. On prétend qu'elle forme un trisme avec l'Hermabun et qu'elle serait devenue Maître dragoune. Nul ne sait ce qu'est devenu son mari.

Introduite au Château-lumière (**voir ce mot**) dans des circonstances particulières, elle aurait épousé un des maîtres du Château-lumière. Espionne, elle aurait permis sa chute. En outre, c'est grâce à elle, que Lynn Carter (**voir ce nom**) aurait échappé aux chevaliers-lumière (**voir ce mot**).

- **Langue**

Les habitants de Pekigniane parlent toutes les langues. Enfin c'est plus compliqué. Si vous leur posez une question dans une langue, ils vous répondront dans la langue que vous avez utilisé.

Quand les habitants de Pekigniane se parlent entre eux, ils utilisent une langue dont certains tons sont inaudibles. Selon Lynn Carter (**voir ce nom**), ils pourraient subvocaliser afin d'utiliser la voix qui commande (**voir ce nom**).

Comme il n'est pas possible de les enregistrer, les linguistes continuent de plancher.

Une particularité grammaticale : les buns parlent au féminin même s'ils ne sont pas femme.

### ▪ Lidji

Lidji signifie : « qui a renoncé ». À quoi ? L'histoire prétend qu'elle aurait été choisie, par la Mabun (**voir rubrique buns**) (mais pour faire quoi ?). Elles se seraient opposées violemment (à quel sujet ?). La situation semblait sans issue. Lidji aurait préféré se retirer dans une tour de guet et attendre l'Hermabun (**voir rubrique buns**).

On prétend que Lidji serait asexué (?)

Les spectacles-vivants racontent parfois cette opposition sans jamais faire état des causes du différend.

### ▪ Livre de route

En dehors des carnets de Lynn Carter (**voir ce nom**), il n'existe pas d'ouvrage sérieux sur Pekigniane. Malheureusement ceux-ci, publié à compte d'auteur, sont épuisés. On ne peut les trouver que dans certaines bibliothèques, en général en lecture sur place.

Toutefois on pourrait citer les rapports de Carascolo et d'Inazuma qui ont participé à la rédaction de ce guide. Mais ces rapports ont été classés « Confidentiel/défense » par l'Union-Européenne et le Japon.

Beaucoup d'ouvrages ont été écrits par différents voyageurs. Malheureusement ils sont contradictoires.

Il existe aussi de nombreux ouvrages sur la guerre du psah.

Le meilleur moyen d'aborder Pekigniane est de le faire avec ce guide sans aucun autre a priori.

- **Lois et interdits**

Chez les buns, la religion est interdite. Le prosélytisme religieux est passible de la décapitation immédiate. C'est la seule loi d'interdit à notre connaissance.

Il n'y a pas de propriété, vous payez ce que vous voulez, etc. Nous n'avons jamais vu de conflits, de disputes ou quoique ce soit qui s'y rapprocherait.

Il n'y a pas de police, pas de tribunal, pas de prison… mais une seule sanction : la décapitation immédiate.

- **Lois physiques**

Beaucoup de lois physiques ne fonctionnent pas sur Pekigniane. Il s'agit notamment de l'électricité (n'espérez pas téléphoner), du nucléaire, de la majorité de la mécanique. Ainsi les moteurs électriques ou à explosion ne fonctionnent, ni même une arbalète ou un arc.

La majorité de nos matériaux sont rongés par une espèce de lèpre qui les désintègre. On pense qu'il s'agit du mange-béton (**voir rubrique faune**). Il agit particulièrement sur les dérivés du pétrole, les métaux ferreux ou non ferreux, le béton, le ciment, la quasi-totalité des tissus synthétiques, etc., la liste n'est pas exhaustive

- **Magasins**

Les achats peuvent s'effectuer dans les cours des tours-distrant ou dans les habitations de bois. Devant ces maisons, s'ouvrent dès le matin des échoppes qui peuvent vous vendre capes, bijoux-vivants ou sabres.

Les commerçants, en général des oyabuns (**voir rubrique buns**), peuvent, parfois et uniquement sur leur proposition, vous fabriquer des bijoux vivants qui vous correspondent. Vous passez la commande et vous venez rechercher votre marchandise le lendemain.

- **Mentor (voir éducation)**

Personne chargée de l'éducation d'une apprentie (**voir ce mot**) dans une tour visage (**voir ce mot**).

- **Mondes**

Pour les buns, ils existent plusieurs mondes qui se côtoient dans divers plans de la réalité.

### Le monde

Ce terme désigne notre monde tel que nous le connaissons.

### L'entre-monde

Selon Lynn Carter (**voir ce nom**), il s'agirait d'un monde virtuel, composé des forces du monde et du sur-monde, dans lequel évolueraient les oyabuns (**rubrique buns**) dans les tours-visages (**voir ce mot**).

### Le sur-monde

Il s'agit du monde des buns. Celui-ci ne serait pas sur le même plan de réalité physique que le monde sur lequel nous vivons.

Selon Lynn Carter (**voir ce nom**), le sur-monde serait composé de cinq continents : Mû, Atlantide, Thulé, Shangrila et Absalon. Ils composeraient la terre ou le sur-monde qui aurait comme nom Gaïa ou Ama ou Pangée.

### ▪ Monsieur Drame

Entité qui se cachait derrière un rideau rouge, à côté de l'arbre des douleurs (**voir ce mot**). Elle se repaissait des souffrances des victimes du végétal. Elle a disparu avec ce dernier.

Seule, Lynn Carter (**voir ce nom**) en fait mention.

On doute de son existence.

- **Monts enneigés**

Sur les monts enneigés règnent les banjees (**voir rubrique faune**). Balayés par des vents d'une violence inouïe, la température est glaciale.

- **Musées et sites**

Trois lieux sont incontournables :
- Le palais du Bun,
- Pekigniane-City,
- Les tours-visages.

Il n'existe pas de musée à Pekigniane.

La visite de Pekigniane serait incomplète sans la visite du Château-lumière.

- **Orichalque et airain**

Matériaux n'existant qu'à Pekigniane. L'orichalque est un matériau ayant le même aspect que l'acier. Il peut parfois avoir des reflets bleutés ou noirs. L'airain, lui est plus cuivré, avec des reflets, jaune, or, rouge ou marron.

- **Pacte de sang**

Le pacte de sang serait un contrat qui se conclurait entre buns et/ou avec le Bun. Il serait enregistré par/ou dans le Bun.

En dehors Lynn Carter (**voit ce nom**) personne n'en a jamais entendu parler. Personne n'en a jamais fait état. Personne, à notre connaissance ne s'est vu proposé d'en conclure un. Personne n'en a jamais vu un.

On pense qu'il s'agit d'une légende sans fondement.

- **Palais du bun**

Le Palais du bun est un chef-d'œuvre d'architecture. Adossé à une colline, c'est une combinaison du Bardo-Thödol de Lhassa au Tibet, d'Angkor Vat au Cambodge et d'Hampi en Inde.

Pour y accéder, il faut grimper un escalier monumental de plus de 500 marches, encadré par des balustrades et des colonnes de plus de 5 mètres de large sculptées, représentant les principaux spécimens de faune de Pekigniane.

Attention, l'ascension n'est pas donnée à tout le monde et cela ne dépend pas de votre condition physique. On a vu des personnes très âgées gravir les marches sans difficulté et d'autres personnes sportives en excellente condition ne pas pouvoir aller au-delà de la 10$^e$ marche.

Là encore, devant le palais, les portes ne s'ouvrent pas pour tout le monde. Pour des raisons inexplicables, certains se sont vus dans l'incapacité de rentrer à l'intérieur et d'autres ont pu effectuer une visite plus ou moins approfondie.

Dans la pratique, on visite ce que l'on peut. Les salles, enfin celles qui sont accessibles, sont toutes plus magnifiques les unes que les autres. Tapissé d'orichalque et d'airain, sculpté en bas-relief, le plafond est soutenu par des colonnes du même métal. Bien que creusé à l'intérieur de la roche, une lumière se diffuse partout sans qu'on en comprenne l'origine.

### ▪ **Pekigniane-City**

Pekigniane-City n'est pas une très grande ville. Le Palais du bun domine six tours-visages (**voir ce mot**) : la tour des dragounes, la tour des banjees, la tour des krakens, la tour des griffons, la tour des maîtres-chats et la tour des buns ; et près de deux cents habitations traditionnelles, et autant d'arbres-monde (**voir ce nom**). Cette partie est ceinte par une muraille d'une dizaine de mètres de hauteur et d'une largeur identique. Les murs font un angle de plus de 20° par rapport au sol. Une dizaine de petites tours de défense sont posées sur la muraille. Tant la muraille que les tours de défenses sont lisses et sans aucune aspérité, ni décoration. Trois portes monumentales (du même type que l'on trouve à Java ou à Bali) permettent l'entrée dans la ville ceinte. Les linteaux et les portes sont en airain et orichalques et sont toujours ouverts.

À l'extérieur des murs, poussent un grand nombre d'arbres-monde. Dans un angle extérieur de la muraille, s'est établi le quartier des ambassades, construites comme des maisons traditionnelles. Elles ne se visitent pas.

- **Politique**

### Démocratie

Selon les buns, le système est démocratique. Sauf que les dragounes, banjees, kraken et griffons (**voir rubrique faune**) votent aux mêmes titres que les oyabuns, qui eux sont désignés par l'intermédiaire du Bobun ou de la Mabun (**voir rubrique buns**). Curieuse conception.

Pendant la guerre du psah (**voir ce mot**), le « faux Bobun » a voulu organiser de véritables élections démocratiques. Cette tentative a eu la fin qu'on lui connaît.

### Politique intérieure

S'il en existe une, personne ne l'a comprise. Selon Lynn Carter, la seule politique que poursuivent les buns est celle de l'harmonie.

### Relations entre buns et Chevalier-lumière

Les relations sont simples. Chaque fois que l'un voit l'autre, les têtes volent.

### Politique extérieure

Les uns pensent que les buns ont une politique expansionniste. Les autres pensent qu'ils veulent simplement vivre en paix. Ils ne recherchent pas la conquête territoriale, mais se battent jusqu'à la victoire finale, même si cela doit passer par destruction totale de leurs adversaires, de leurs familles, de tous leurs descendants et ascendants.

- **Psah**

Sorte d'épice, qui selon Lynn Carter **(voir ce nom)**, est extraite du venin des frelons lactifères.

Il peut se rajouter à toutes les boissons **(voir ce mot)**. Les effets sont stupéfiants. Il débride les interdits et décuple le plaisir des sens. Il est considéré comme une substance hallucinogène prohibée dans de nombreux pays, dont la seule détention est passible de la peine de mort. Il s'agit notamment des pays de la coalition Américano-arabes de la guerre du psah **(voir rubrique histoire)**.

Il peut aussi servir dans notre monde à alimenter tous les moteurs en le mélangeant à n'importe quel liquide.

C'est le seul produit exporté **(voir rubrique économie)**.


- **Religions et mythes**

Lynn Carter **(voir ce nom)** dans ses notes de voyages (non publiée) a essayé de dresser un panorama des mythes et de la religion.

Toute religion est interdite et a fortiori tout prosélytisme religieux. La réaction des buns concernant ce point est sans appel. Des prêcheurs de toutes religions ont essayé de passer outre. Ils se sont fait décapiter à la première tentative de prêche.

Les mots comme : dieux, divin, grâce etc. sont des mots orduriers et considérés comme de la pornographie publique comme au XIXe siècle chez nous.

Selon Lynn Carter, il existerait une religion polythéiste et animiste. Chaque être vivant, chaque plante, chaque objet, chaque lieu aurait une âme qui vie en harmonie avec le Bun (**voir rubrique buns**). Sauf les licornes et les fouramairds (**voir rubrique faune**) sont à décapiter et à manger. Ne venez jamais avec un chien à Pekigniane (sauf au Château-lumière), il ne survivrait pas une minute.

Toujours selon Lynn Carter, les tours de guet (**voir ce nom**) seraient des espèces de temples dans lesquels se pratiquerait, entre autre, une sorte de méditation. Mais comme nul n'a pu y entrer en dehors d'elle-même, toutes les conjectures sont possibles. En effet, il n'existe pas de porte pour entrer dans les tours de guet.

En ce qui concerne les mythes, la situation semble plus claire. Pekigniane viendrait des entrailles de la terre et a toujours existé. Le monde et notamment Pekigniane ont été créés par le Bobun, la Mabun et le Bun (une sorte de sainte trinité) (**voir rubrique buns**). Ce sont eux qui modèlent et créent le monde. Périodiquement (tous les x milliers d'années) ils changent le monde. Si la Mabun et le Bun sont immortels, il n'en est pas de même du Bobun qui disparaît quand il a accompli son œuvre (tous les x milliers d'années). Bien que personne n'ait vu le Bobun, en dehors de Lynn Carter et de son équipe, on sait que le dernier Bobun a fait son apparition peu avant la découverte de Pekigniane. Avant son arrivée, Pekigniane était occupé presque totalement par les chevaliers-lumière. Il a opéré à la reconquête de Pekigniane et a refoulé les chevaliers-lumière au Château-lumière. Lynn Carter aurait au cours de son deuxième voyage participé à cette guerre au côté du Bobun. Cela expliquerait sans doute la fin tragique des membres de cette expédition, ainsi que sa position. L'objectif du Bobun est de détruire le Château-lumière et les Chevaliers-lumières (**voir rubrique histoire**).

On sait aussi qu'il existe un Hermabun (**voir rubrique buns**) que personne n'a encore jamais vu. On ne connaît pas son rôle.

Tous les buns sont créés par le Bobun, la Mabun et le Bun. D'après certains mythes, à l'arrivée de l'Hermabun, le Bun n'aura plus aucun rôle.

Selon Lynn Carter, le Bobun a pour fonction d'imaginer les êtres peuplant le monde, la Mabun de les nommer et le Bun de les créer. Le Bobun aurait décidé d'accroître les pouvoirs de la Mabun. Comment ? Nul ne le sait. On ne sait pas ce qui arrivera quand l'Hermabun fera son apparition bouleversant ainsi cet équilibre. La date de son arrivée se rapproche selon une prophétie populaire.

Selon Lynn Carter, la tradition veut que le monde normal se soit fourvoyé. Dans le combat ancestral qui oppose Dieu et le Diable, c'est le Diable qui aurait gagné et se ferait passer pour Dieu en rejetant Dieu ou les dieux dans les entrailles de la terre. Il aurait ensuite créé un monde frustration et se nourrirait de celle-ci.

Pour l'aider dans sa tâche, le Diable que nous appelons Dieu se ferait aider des chevaliers-lumière et Dieu qu'on appelle le Diable se ferait aider des buns. Bref, ceux que vous croyez être, ne sont pas ceux qu'ils sont.

Concernant la mort, il n'existe aucun cérémonial. Les morts doivent servir de nourritures aux autres espèces vivantes. Les cadavres sont abandonnés à l'extérieur de Pekigniane-City et disparaissent au petit matin. Ils doivent réintégrer le cycle de vie. Il est à noter que nul n'a vu mourir un dragoune, un kraken, un griffon, un banjee, un sgonx ou un maître-chat.

Les mythes et la religion du Château-lumière restent inconnus à ce jour.

- **Reproduction**

Mammifères humains ou ovipare ?

Pendant la guerre du psah, on prétend que les Américains avaient réussi à capturer des buns vivants. Ceux-ci se seraient suicidés et leur corps se serait liquéfié avant tout tentative de dissection. Bien évidemment, le Département d'état d'Amérique a opposé un démenti formel (**voir rubrique histoire**).

Doit-on croire la première ou la deuxième version de Lynn Carter (**voir ce nom**) ? Le débat reste encore ouvert.

- **Rochers-nuages**

Dans la zone des monts enneigés (**voir ce mot**), flottent des rochers-nuages. Ils peuvent atteindre des dimensions très impressionnantes. Paradoxalement, le climat y est subtropical. La végétation luxuriante est traversée de ruisseaux, cascades, bassins.

Selon Lynn Carter (**voir ce nom**), il s'agirait de morceau de djengheule détachée. Ces rochers sont donc aussi dangereux.

Ne vous y aventurez jamais.

## ▪ Santé et massage
### Santé

Il n'existe ni hôpital, ni médecin attitré. Si vous rencontrez des problèmes de santé de quelque nature que ce soit, adressez-vous à n'importe quel bun que vous rencontrerez.

Dans 99 % des cas, il vous enverra chez la personne qui soignera votre affection. En général par un massage physique proche du shiatsu ou en vous donnant un sgonx ou encore par un massage mental (?).

### Soins miracles

Les buns semblent pouvoir soigner n'importe quelle affection, si on le leur demande. On ne sait pas comment cela fonctionne, mais certaines maladies dîtes incurables ont été soignées par massage physique ou massage mental. Lynn Carter (**voir ce nom**) prétend qu'ils transforment les fils (**voir ce mot**).

La médecine traditionnelle pense qu'il s'agit de charlatanisme, mais ça marche.

## ▪ Seth ou Sept

Nom donné au Bobun (**voir ce mot**).

## ▪ Sexualité

On n'en connaît pas de plus débridée (**voir les rubriques famille et nuit de la pleine lune**). Selon Lynn Carter (**voir ce nom**), la sexualité et le plaisir des sens ouvriraient la voie d'autres dimensions. Rappelons que, selon l'ethnologue, les buns seraient sexomorphes

Le viol n'existe pas. Selon des rumeurs, certains touristes qui se seraient allés à ce type d'impulsion ont fini dans la djengheule ou victime de la fièvre afguide (**voir ces mots**).

- Sociologie et ethnologie

### Morale

On ne l'a toujours pas comprise. Selon Lynn Carter (**voir ce nom**), le système ne fonctionne pas sur le fondement de la morale mais sur celui de la honte, comme la société japonaise et birmane ou chinoise taoïste. Chaque bun aurait des obligations envers les oyabuns qui en auraient envers un daïbun, lui-même un shobun, lui-même vis-à-vis du trisme Bobun, Mabun et Bun (remplacé par l'Hermabun ?) **(Voir rubrique buns)**. Ces derniers n'auraient d'obligation que par rapport au monde. Tout ce qui pourrait entraîner sa chute serait mal. À l'inverse, tout ce qui permettrait l'équilibre à long terme serait bien.

### Organisation sociale

À la tête de l'organisation règnent le Bobun, la Mabun et le Bun (plus tard viendra l'Hermabun) (**voir rubrique buns**). Les shobuns (**voir rubrique buns**) sont les représentants de tous les buns. Les daïbuns (**voir rubrique buns**) seraient des chefs d'oyabuns (**voir rubrique buns**). Les oyabuns seraient à la fois guerriers, médecins, artisan qui travaillent l'orichalque et l'airain. Les kobuns seraient le peuple.

## ▪ Sports populaires

Plongée, voile sur des petits bateaux dont la taille varie de 5 à 15 mètres. On peut faire des excursions sur les îles face au palais du Bun (**voir ce mot**).

## ▪ Souvenirs

En dehors des bijoux vivants, des capes et des sabres, la quasi-totalité des pays interdisent l'importation de tous les autres produits en provenance de Pekigniane, notamment le psah (**voir ce nom**) et tout échantillon de faune et de flore. L'ensemble des artefacts décrit est fabriqué par les oyabuns (**voir rubrique buns**). Ils ne peuvent être vendus que par les oyabuns.

### Les bijoux-vivants

En orichalque et airain, les bijoux-vivants s'adaptent à vous. Quand vous les acquérez, ils ne peuvent être portés par quelqu'un d'autre. En effet, ils se désintègrent. Bagues, bracelets de poignets ou de bras, cache-sexes, jambières, plastrons ou sandales, ils s'adaptent à votre morphologie. La couleur et la forme varient selon le temps et votre humeur.

### Les capes

Elles ne pèsent rien et sont isothermes. Elles se posent sur les épaules et une capuche permet de couvrir la tête. Les couleurs moirées varient aussi selon votre humeur. Le matériau dont elles sont composées est inconnu.

### Les sabres

Portés par les oyabuns (**voir rubrique buns**), ils ressemblent à des sabres japonais. Comme ces derniers, ils en portent trois. Leur lame se rétracte.

### Autre production artisanale et les copies

Il faut se méfier des contrefaçons que vous pourrez voir à votre retour.

Quant aux vrais, ils ne peuvent être ni vendus ni cédés.

- **Télépathie**

On sait que certains animaux peuvent communiquer avec vous par télépathie, empathie. Selon Lynn Carter (**voir ce nom**), les buns feraient semblant de nous parler, mais communiqueraient uniquement par télépathie. On dit qu'ils sondent.

- **Téléportation/Télékinésie**

Voir distrant.

- **Téléphone**

Cela ne fonctionne pas à Pekigniane. Si vous avez besoin de communiquer avec l'extérieur, il faut passer par une tour-distrant. Cela fonctionne dans les deux sens.

- **Temps click, temps clac et temps cloc**

Seule Lynn Carter (**voir ce nom**) a fait état de ces phénomènes invérifiables qui auraient été créés récemment par le dernier Bobun (**voir rubrique buns**). Personne ne comprend comment cela fonctionne. Les scientifiques parlent de « trou de vers », dans une dimension espace-temps courbe.

### Le temps click ou temps clic

Le temps click permettrait aux oyabuns de ralentir le temps alors qu'eux évolueraient à la vitesse normale. C'est notamment cette faculté qui aurait permis de remporter la victoire sur les Chevalier-lumière (**voir ce nom**) ainsi que ce que l'on a nommé la guerre du psah (**voir rubrique histoire**). Cela expliquerait aussi, avec leur qualité supposée de télépathie, pourquoi les oyabuns (**voir rubrique buns**) sont des guerriers exceptionnels. Toujours selon Lynn Carter, il est possible de créer un temps click à l'intérieur du temps click.

### Le temps clac

Le temps clac permet, à l'inverse, de faire s'écouler le temps à grande vitesse. Selon Lynn Carter ce système ne serait pas irréversible pour le Bobun **(voir rubrique buns)**. Il permettrait de « voir » les futurs possibles.

### Le temps cloc

Le temps cloc permet, à l'inverse, de revenir en arrière dans le temps. Selon Lynn Carter, il permettrait de changer le présent.

- ### Tours-visages

Imaginez les tours visage d'Angkor et vous n'aurez qu'une pâle idée des tours de Pekigniane. Pouvant mesurer plus de cent mètres de hauteur, elles sont sculptées de bas-relief, à la base, représentant dragounes, griffons, kraken et banjees **(voir rubrique faune)**. À mi-hauteur sont sculptés quatre visages dont celui reconnaissable de la Mabun **(voir rubrique buns)**. Elles sont entourées d'un muret formant ainsi une cour intérieure dans laquelle peuvent se produire des spectacles.

Selon Lynn Carter **(voir ce nom)**, elle aurait été reconstruite sous l'impulsion du Bobun **(voir rubrique buns)**. Elles auraient toujours existé.

### Tour-distrant

Elles sont assez petites et trapues, rarement plus de vingt mètres de hauteur. Elles possèdent des portes permettant d'accéder au portail-distrant.

**Tour de guet**

La hauteur varie entre cinquante et cent mètres, on en trouve dans tout Pekigniane. La plus élevée se dresse à un kilomètre de Pekigniane city (**voir ce nom**). Elles n'ont pas de porte. Selon Lynn Carter (**voir ce nom**), seul les oyabuns (**voir rubrique buns**) et ceux qui terminent leur éducation peuvent y pénétrer, mais on ne sait pas comment. Lynn Carter aurait été invité par le Bobun à y séjourner après sa fuite du Château-lumière. Elle n'a malheureusement jamais expliqué comment elle a pu pénétrer à l'intérieur.

- **Transfuge**

Personne du Château lumière (**voir ce mot**) en exil volontaire ou non.

- **Transports intérieurs**

Il n'existe que deux modes de transport accessibles à tous, les chemins et le distrant.

Il n'existe pas d'autres moyens de transport ni individuels ni collectifs publics ou privés. Toutefois, vous pourriez avoir la chance d'être emmené sur un griffon, un kraken, un dragoune voire un Banjee (**voir rubrique faune**). À notre connaissance, personne n'est jamais monté sur un dragoune ou un banjee.

On peut utiliser aussi le distrant via un portail ou une tour-distrant (**voir ces mots**). Pour des raisons inexplicables, cela ne marche pas avec tout le monde.

- **Vaccination (voire aussi santé)**

Aucune vaccination ni médicaments ne sont efficaces. Toutefois, vous pouvez vous faire soigner sur place et même obtenir des guérisons remarquables.

Pour de plus amples informations, se renseigner auprès des buns.

- **Vallée des tombes**

Lieu où aurait été massacrée l'armée Tsahls. Les buns accusent le croissant d'en être l'auteur.

- **Vêtements**

Personne ne porte de vêtement en dehors des bijoux-vivants qui vous cache le sexe et de grandes capes qui couvrent tout le corps.

Compte tenu de la chaleur et de l'humidité, la cape se porte relevée sur les épaules pendant la journée. Pendant la nuit, qui peut être fraîche, elle couvre tout le corps.

Dès votre arrivée, toutes les boutiques peuvent vous en prêter (vous les rendrez au départ) ou vous en vendre.

Conserver vos vêtements traditionnels, sauf pendant les fêtes de la pleine lune, peut vous attirer des déboires pouvant aller jusqu'à l'expulsion immédiate.

Toutefois, au Château-lumière, vous pouvez porter des vêtements normaux

- **Voix qui commande**

En dehors de Lynn Carter (**voir ce nom**), personne n'a jamais compris ce phénomène. De plus elle n'a jamais été très explicite. Selon elle, les Oyabun subvocaliseraient (?) afin d'utiliser la voix qui commande. Ils pourraient ainsi imposer leur volonté. La thèse est ardue.

Cette technique aurait été utilisée durant la guerre du Psah, auprès de l'ambassadeur des États-Unis. Celui-ci aurait ainsi donné son aval pour la tentative d'invasion, juste avant son suicide.

- **Volcans**

Zone centrale, dans laquelle se développe une grande activité volcanique. L'ascension est longue et périlleuse. Compte tenu des éruptions fréquentes, nous déconseillons fortement toute expédition dans cette partie.

Les dragounes (**voir rubrique faune**) y vivent à l'état sauvage.

\*\*\*